El encaje roto
y otros cuentos

Texts and Translations

Chair: Robert J. Rodini

Series editors: Eugene C. Eoyang, Michael R. Katz,
Judith L. Ryan, English Showalter, Mario J. Valdés,
and Renée Waldinger

Texts

Translations

EMILIA PARDO BAZAN

El encaje roto
y otros cuentos

Edited and introduced by
Joyce Tolliver

The Modern Language Association of America
New York   1996

Introduction © 1996 by
The Modern Language Association of America
All rights reserved. Printed in the United States of America

For information about obtaining permission to reprint
material from MLA book publications, send your request by
mail (see address below), e-mail (permissions@mla.org), or
fax (212 533-0680).

Library of Congress Cataloging-in-Publication Data

Pardo Bazán, Emilia, condesa de, 1852–1921.
El encaje roto y otros cuentos / Emilia Pardo Bazán ;
edited and introduced by Joyce Tolliver.
p.   cm. — (Texts and translations. Texts ; 5)
Includes bibliographical references (p.   ).
ISBN 0-87352-783-6 (pbk.)
I. Tolliver, Joyce, 1954–   . II. Title. III. Series.
PQ6629.A7A6   1996
863'.5—dc20   96-35263

ISSN 1079-252X

Set in Dante. Printed on recycled paper

Published by The Modern Language Association of America
10 Astor Place, New York, New York 10003-6981

CONTENTS

Contents

ACKNOWLEDGMENTS

Many people have been of invaluable help to me in the preparation of this manuscript and to María Cristina Urruela in its translation into English (in the companion volume *"Torn Lace" and Other Stories*). We are especially indebted to Vern Williamsen and Florence Sandler, for reading every word of the manuscript in record time and for suggesting editorial changes that were all exactly right. Our thanks also go to Harriet Turner for her many wise suggestions and countless words of encouragement, to Robert Fedorchek for his expert editorial help and for graciously aiding us in securing copyright to the stories, and to Amy Williamsen for her constant support and creative vision. Alicia Andreu, Berta Aparicio, Flo Ariessohn, Maryellen Bieder, Curtis Blaylock, Iris Brest, Elena Delgado, Marisol Fernández Utrera, Consuelo García Devesa, Richard Halliburton, Paz Haro, Ignacio Hualde Mayo, Dana Livingston, Lisa Neal, Karen Offen, Michael Predmore, Don Share, Juan Francisco Urruela, Linda Wilhelm, and Martha Zárate helped us solve various problems, and we are grateful to them for sharing their time and expertise. We would like to thank Ron Sousa and David Tinsley for their administrative and collegial support.

Carlos Dorado Fernández, director of the Hemeroteca Municipal of Madrid, and Marino Dónega of the Real Academia Gallega have our gratitude as well.

José Ignacio Hualde and Steven Stauss deserve special thanks for their constant willingness to serve as linguistic and cultural consultants and for listening, criticizing, and applauding, all at the appropriate moments.

Finally, we would like to thank Martha Evans for her efficiency, diplomacy, and perpetual good humor and optimism as she guided us through the intricacies of the review process.

This project was facilitated by support from the National Endowment for the Humanities; from the Department of Spanish, Italian, and Portuguese at the University of Illinois, Urbana; and from the Program for Cultural Cooperation between United States Universities and the Spanish Ministry of Culture.

JT and MCU

INTRODUCTION

Pardo Bazán, Writer and Intellectual

Emilia Pardo Bazán (1851–1921) is one of the most important literary figures of nineteenth-century Spain. She is without doubt the most influential Spanish woman writer of that century, instrumental in promoting an awareness of French naturalism and Russian spiritual realism in the Spanish reading public. Pardo Bazán single-handedly authored and published an important journal, *Nuevo teatro crítico*, which appeared every month in 1891 and 1892. It served as a forum for her feminist ideas and included essays on philosophical, scientific, literary, and historical topics. Pardo Bazán also wrote an original story for practically every monthly issue. In addition to her novels, plays, poetry, and almost six hundred short stories, she wrote innumerable essays of social and literary criticism, which were published in the leading intellectual journals of her day.

She was born in La Coruña, Galicia, a province of northwestern Spain known for its mild, rainy climate and its Celtic influences, particularly those involving belief in the supernatural. Her parents were members of the gentry. As the only child, she enjoyed abundant encouragement and received a formal education that went far beyond the training in embroidery, piano, and French that was traditional for girls of her class at that time. According to her "Apuntes autobiográficos," her father opened his considerable library to her; she was allowed to read anything that interested her—with the exception of some French novels, which were widely considered to have a pernicious influence on young people and on women. At the age of fifteen, she married don José Quiroga y Pérez Deza, an eighteen-year-old law student. The marriage was arranged by the parents of the couple, although apparently neither Emilia nor José objected to the match (Bravo-Villasante 26–27). José encouraged Emilia to study his law books along with him, even though she was not allowed to attend classes (28). She even wrote class papers for him, which usually were assigned higher grades than his own.

Pardo Bazán first came to public attention as a writer in 1871, when she won a literary contest with an essay on the eighteenth-century writer Benito Jerónimo Feijóo, whom she admired for his feminist ideas. At the age of twenty-five she gave birth to her first child, Jaime, and had published her first collection of poetry. The collection, inspired by her son, bore his name as its title. Her first novel, *Pascual López, Autobiografía de un estudiante de medicina,* was published in 1879; by 1881, when she published her second novel, *Un viaje de novios,* she had begun to gain wide recognition as a novelist and intellectual.

It is difficult to classify Pardo Bazán's fictional writing in terms of literary movements. Most of her work clearly fits in the category of realism, some has strong Romantic overtones, and much of her later work is influenced by modernism and Russian spiritual realism. Although her fiction shows elements of various literary movements, she has come to be known primarily for her engagement with literary naturalism. She provoked considerable controversy among Spanish readers with her 1883 treatise *La cuestión palpitante*, in which she describes and criticizes this literary and philosophical movement as propounded by its founder, the French novelist Emile Zola.

Stylistically, naturalism was influenced by the attempts of Auguste Comte to apply the methods of scientific observation to the social sciences, philosophy, and religion. The naturalists extended that application to literature. They attempted to re-create in their fiction the "experimental method" elaborated by the physician Claude Bernard. Naturalistic themes and plots were largely determined by Comte's positivistic philosophy, which emphasizes the importance of social change and improvement through scientific inquiry, and by the theories of Hippolyte Taine, who posited that each individual's life is inescapably determined by a combination of three factors: heredity, one's surroundings, and the historical moment in which one lives.

According to Pardo Bazán's critique, Zola's extreme interpretation of these theories is flawed because it ignores the strength of human spirituality, which can transcend such obstacles. Further, Pardo Bazán criticized his overly frequent depiction of the sordid, even the squalid, claiming that literature should make life more beautiful, not uglier. But her reading public tended to ignore her criticisms of Zola; it was scandalous that a woman should be reading Zola at all, much less commenting explicitly on him. In fact, José Quiroga, sharing the reaction of most of his wife's readers, demanded that she give up her writing career and dedicate herself to her marriage and her family. Pardo Bazán instead separated from her husband, set up household with her three children and her mother, and continued to write and publish for close to forty years more. Her fiction often demonstrates her own brand of attenuated naturalism. *Los pazos de Ulloa* is the novel most often cited as representative of her naturalism, although *La Tribuna* (1882) and *La Madre Naturaleza* (1887) are also good examples.

By 1889, Pardo Bazán had firmly established herself as a presence in Spanish letters. In addition to her early book of poetry and her study of Feijóo, she had had published eight novels, a study of the Russian novel, two books of travel writing, a life of Saint Francis of Assisi, articles of literary criticism, essays on scientific advances, social commentary, and numerous short stories. When a seat was vacated in the Royal Spanish Academy, her name was mentioned in the discussion of a possible replacement. A polemic on the suitability of admitting a woman to the academy ensued, and the result was that Pardo Bazán was not granted this honor. She asserts that in more enlightened eras women did indeed hold seats in the several branches of the Royal Spanish Academy ("La cuestión" 201). She would never see a woman named to the Real Academia de la Lengua in her lifetime. It was not until 1979 that the academy named a woman, Carmen Conde, to its ranks.

It was clear to Pardo Bazán that the academy's exclusion of women was strictly a result of antiquated prejudice. She protested vigorously not only the academy's snubbing of her but also what she saw as the unjust exclusion of Gertrudis Gómez de Avellaneda a generation earlier. She later advocated the nomination of another woman writer, intellectual, and social reformer, Concepción Arenal. Although Pardo Bazán was accused of campaigning for Arenal merely to draw attention to her own cause, it is difficult to doubt the sincerity of her insistence that the "academy question" was far more important than the question of her personal recognition and success, that it was a simple matter of sexual equity. In fact, Pardo Bazán had treated the many manifestations of sexual injustice in her fiction and essays before the academy polemic arose; she had portrayed the inadequate education given girls, sexual abuse in marriage, the difficulties faced by women of the working class, and, above all, the hypocrisy of sexual attitudes.

In an effort to facilitate access to fundamental feminist works, especially those in other languages, Pardo Bazán founded a book series called Biblioteca de la mujer. This series included a translation of John Stuart Mill's *On the Subjection of Women* and August Bebel's *Die Frau und der Sozialismus (Woman under Socialism)* as well as modern versions of selected novellas of the seventeenth-century Spanish feminist María de Zayas y Sotomayor. More conventional works, such as a biography of Isabel la Católica

and a life of the Virgin Mary, were also included. However, by 1913 Pardo Bazán had become disillusioned and
frustrated by the general lack of interest, in Spain, in
feminism, among both men and women. She decided to
publish two cookbooks, *La cocina española antigua* and *La
cocina española moderna,* as the next volumes in Biblioteca
de la mujer, explaining:

> He visto, sin género de duda, que aquí a nadie le
> interesan tales cuestiones, y a la mujer, aún menos.
> . . . Aquí, no hay sufragistas, ni mansas ni bravas.
> En vista de lo cual, y no gustando de luchar sin
> ambiente, he resuelto prestar amplitud a la Sección
> de Economía Doméstica de dicha Biblioteca, y ya
> que no es útil hablar de derechos y adelantos feme-
> ninos, tratar gratamente de cómo se prepara el
> escabeche de perdices y la bizcochada de almen-
> dra.   (qtd. in Bravo-Villasante 285)

Fin-de-siècle Spain was simply not receptive to feminism, especially not to the fundamental feminism that
formed the basis of Pardo Bazán's thought on sex roles.
Pascual Santacruz's comments on what he termed "the
age of the *marimacho*," published in 1907, illustrate the
sort of opposition that Pardo Bazán had to confront:

> El feminismo . . . es la tiranización ejercida sobre las
> leyes naturales que fundamentan psíquicamente a
> cada sexo. . . . Como la creación del *marimacho* es el
> ideal que persigue el feminismo radical, y este ma-
> rimacho, que tira más a natura de varón que de
> mujer . . . es cosa en sí grotesca, sólo en broma
> puede ser tratada. . . . Yo voy a limitarme a reírme
> un poco con los lectores que piensen como yo (que

serán los más) de esta manifestación patológica, de
este sarampión a flor de piel, inofensiva por el pronto, pero molesto, en pruritos de picazón, que le ha
salido al cuerpo social. . . .   (82–83)

These remarks come from a man who refers to Pardo
Bazán as "mi ilustre amiga y protectora" and who re-
gards her as unique among the women of her day in her
accomplishments and talent (88). When we consider that
such unself-conscious misogyny issued from a supporter
of Pardo Bazán and appeared in an important journal, it
is not difficult to imagine the resistance to her feminism
that Pardo Bazán must have encountered.

Indeed, even to a contemporary English-speaking audience many of her comments on "the woman question" seem remarkably forward-looking. But by no
means did Pardo Bazán's progressivism extend to all
spheres. She was a political conservative, and her writing
shows strong ambivalence on the question of social class.
While she often portrayed working-class and rural
women sympathetically in her fiction, she was far from
egalitarian; she defended the strict maintenance of class
hierarchy. Her personal life also shows a concern for social prestige and class dominance; over the course of
several years she dedicated considerable energy to the
acquisition of a title of nobility. After she finally achieved
this through papal decree, as had her father before her,
she invariably used the title of countess when signing her
published work.

The political portrait of Pardo Bazán is made more
complex by the fact that in a time of widespread anti-
clericism among her contemporaries (e.g., Benito Pérez

Galdós and Clarín) she called herself, to use her term, a devout "neo-Catholic." At the same time, she issued a piercing condemnation of the ways in which the church as an institution worked to control and restrict women. The following quotation, from "La mujer española" (1889), illustrates the mixture of stringent feminism, on the one hand, and classism and racism, on the other, that one often finds in this author:

> Júzgase el varón un ser superior, autorizado para sacudir todo yugo, desacatar toda autoridad, y proceder con arreglo a la moral elástica que él mismo se forja; pero llevado de la tendencia despótica y celosa propia de las razas africanas, como no es factible ponerle a la mujer un vigilante negro, de puñal en cinto, le pone un custodio augusto: ¡Dios! . . . Los maridos, o en general los que ejercen autoridad sobre la mujer, saben que el confesor no es para ellos un enemigo, sino más bien un aliado. No sucede casi nunca que el confesor aconseje a la mujer que proteste, luche y se emancipe, sino que se someta, doblegue y conforme.   (34, 37)

Pardo Bazán was finally granted public recognition of her importance as a writer and intellectual in 1915, when the minister of public education, Julio Burell, created a professorship for her at the University of Madrid. She was the first woman to hold the position of professor (catedrático) in a Spanish university. When she was informed of this appointment, she paid a visit to the dean, requesting that he be sure to assign her a large classroom, as she had become accustomed to delivering speeches to audiences that filled lecture halls. At first she did indeed teach to a full classroom, but attendance soon dwindled, in part because her class was not required for any university degree. By the end of the course, according to one account (Sánchez Cantón 63–64), she lectured to a sole student, a distinguished and well-educated lady who happened to be a friend of hers. The story of Pardo Bazán's short teaching career is often cited to illustrate the opposition that existed in Spain then to the naming of a woman as a professor. But F. J. Sánchez Cantón adds a comment that puts Pardo Bazán's lack of students in a somewhat different light: "En aquellos cursos, don Ramón Menéndez Pidal no llegaba a la docena, pese a que sus asignaturas eran obligatorias" (64).[1] Thus the very real opposition on the part of many of her male peers to her university appointment has been shifted, in traditional Pardo Bazán biography, to her anonymous students.

Pardo Bazán died 12 May 1921, at the age of sixty-nine. She had written 20 novels, 21 novellas, 2 cookbooks, 7 plays, at least 580 short stories, and hundreds of essays, not including the countless works that were dispersed among various periodicals and that have never been reprinted. Her eminence as a writer of fiction, essays, and literary criticism was universally recognized, even in her own day. While scholars have traditionally studied Pardo Bazán as a key figure in the Spanish naturalistic novel, they have recently begun to also recognize the fundamental contribution she made to Spanish letters through her experimentation with narrative structure and her exploration of other literary movements, such as spiritual realism and modernism. In addition, she is now credited with having played a major role in bringing the discussion of feminism to the forefront of intellectual and popular debate, through her fiction as well as through her essays.

The Stories

Despite the remarkable number of short stories that Pardo Bazán wrote (or perhaps because the sheer number of them is so daunting), critics have overwhelmingly preferred to direct their attention to her novels. Yet Pardo Bazán is generally considered to be one of the two most important short story writers of nineteenth-century Spain. Only Leopoldo Alas (Clarín) is comparable to her in stylistic skill and diversity, and he wrote only about sixty stories. Pardo Bazán is often compared with Maupassant in her command of this genre, and her stories are routinely anthologized. Translations of them, however, have been curiously scarce, in keeping with the general dearth of English-language versions of her work. The bulk of English translations of her work was published between 1891 and 1929. Between 1929 and 1993, only a half dozen English translations appeared. Two of them, published recently and within a year of each other, are of the novel *Los pazos de Ulloa*; the other four are stories included in anthologies. An anthology of stories by Pardo Bazán in English translation did not appear until 1993: *"The White Horse" and Other Stories*, translated by Robert M. Fedorchek. While necessarily containing only a small percentage of the stories, this collection ably represents their thematic and stylistic heterogeneity.

Pardo Bazán's stories are usually included in anthologies to exemplify her naturalism. But the interest these texts hold for the contemporary scholar and the casual reader alike goes beyond her rather ambivalent involvement with this literary movement. Naturalism is far from the only stylistic mode found in her fiction. Maurice Hemingway has shown that many literary currents are reflected in Pardo Bazán's work and that most of the novels have been influenced by more than one movement. This is true of the stories as well; they contain not only naturalism but also psychological realism, spiritual realism, modernism, decadentism, and even some engagement—if antagonistic—with Romanticism. What is more striking than the diversity is the convergence of literary currents within many of the individual stories.

The stories show great subtlety in their portrayal of human psychology and a highly sophisticated use of narrative structure, anticipating the modernist short story of such later writers in English as Katherine Mansfield and Virginia Woolf. Many of Pardo Bazán's stories revolve around the modernist notion of epiphany, in which a seemingly minor event leads the protagonist to a sudden realization of an important truth. Others are notable for a quick, compact development of plot and characterization that culminates in a surprise ending—the surprise residing not in a plot twist but in an unexpected interpretation of everything that led up to it. That most of Pardo Bazán's stories are quite short makes her sophisticated play with narrative perspective all the more remarkable. Rarely do her stories have only one narrative perspective; they usually contain several subtle shifts, which are signaled only by a change or an anomaly in verb tense or by an alteration in dialect or register.

As Juan Paredes Núñez, Mariano Baquero Goyanes, and others have demonstrated, one finds in Pardo Bazán's short stories a wide variety of themes. Paredes Núñez's classification of her stories, which largely follows Baquero Goyanes's, gives the following seven categories: religious stories, patriotic and social stories, psychological stories (including stories about love), stories about Galicia, dramatic and tragic stories, popular stories involving fantasy and legend, and stories about "small objects and beings." Several categories could be added to this list—detective stories, stories written for holidays and other special occasions, hagiographic stories, and, of course, feminist stories.

Thematically, many of Pardo Bazán's stories bear a striking relevance to contemporary concerns, especially those concerns having to do with the relationships between men and women. It is in the stories more than in the novels that one finds a thorough and multifaceted development of her ideas regarding gender dynamics. She treats issues that now, a century later, form the basis of much feminist discourse. These include the nature of female sexuality and desire ("Memento," "Champagne," "La boda," "La mirada," "El árbol rosa"); male dominance, both physical and psychological ("Piña," "Sor Aparición," "Feminista," "La punta del cigarro," "La boda," "La mirada"); the double standard ("Los escarmentados," "Champagne," "Sor Aparición"); and the relation between poverty and gender roles ("Náufragas," "Champagne"). In stories like "Feminista," "La clave," "Piña," and "Cuento primitivo," Pardo Bazán attacks from several different angles the sexual ideal that posits female abnegation and submission not only as virtuous but as expressive of feminine nature. "Cuento primitivo" is particularly modern in its feminist re-vision of the story of Adam and Eve; it suggests that women's submission to male authority is by no means divinely ordained but rather a result of the conditioning women receive from the patriarchal culture.

Many of Pardo Bazán's stories portray marriages and weddings ("El encaje roto," "Champagne," "Feminista," "La boda," "La punta del cigarro," "La clave"). Thomas Feeny has commented on the "pessimistic view of love" in stories like these, but perhaps there is more to the matter than simple personal pessimism. Marriage, both as a social institution and as a personal relationship, is an ideal object of study for an author like Pardo Bazán, who is interested in exploring the intricacies of human psychology as well as the complex interplay between power and desire that is integral to relationships between men and women in most cultures. Indeed, only two of the six stories mentioned in this paragraph suggest the possibility for a happy, healthy union beween husband and wife, and in both the suggestion is highly ambiguous. More to the point, in each of the six stories we find an implicit interrogation of some aspect of gender dynamics as they are captured and crystallized in the marriage.

The sixteen stories of this collection represent feminist themes that recur consistently in Pardo Bazán's stories. Most were published between 1890 and 1914, the period during which Pardo Bazán was most active as a feminist and as a short story writer. Since they touch on more than one theme, I have chosen to present them chronologically rather than group them thematically. Each of the tales is preceded by a short introduction.

These stories were selected not only for their thematic development but also for the ways in which, taken as a group, they suggest the rich stylistic variety and narrative complexity of Pardo Bazán's short fiction. Their chronological ordering shows how the author's stylistic concerns and alliances changed over the years; at the same time it allows us to see how the stylistic germs of the later stories are present in the earlier ones. Three early stories, "Primer amor," "Mi suicidio," and "Sor Aparición," lampoon some of the gendered conventions of Romanticism. By the time Pardo Bazán wrote her last story, "El árbol rosa," her style had moved considerably closer to the modernist attempt to "capture the moment." But we find this modernist characteristic in earlier stories as well, such as "El encaje roto" and "Los escarmentados." Similarly, the stark naturalism present in "Piña" is sharpened and polished in "Náufragas," published nineteen years later.

I have borrowed the title of one of the stories for the title of this collection because "El encaje roto" seems to epitomize Pardo Bazán's thematic and stylistic presentation of the cultural construct of femininity. The image evoked by this title not only indicates the writer's rejection of patriarchal sexual and social mores; it also draws attention to the complexity of her textual artistry, with its simultaneous evocation and subversion of "the feminine."

Note

[1] Ramón Menéndez Pidal (1869-1968) is still considered one of the greatest figures in Spanish philology.

Works Cited and Consulted

Baquero Goyanes, Mariano. *El cuento español en el siglo XIX.* Madrid: Consejo Superior de Investigaciones Científicas, 1949.

Bravo-Villasante, Carmen. *Vida y obra de Emilia Pardo Bazán: Correspondencia amorosa con Pérez Galdós.* Madrid: Magisterio Español, 1973.

Feeny, Thomas. "Pardo Bazán's Pessimistic View of Love As Revealed in *Cuentos de amor.*" *Hispanófila* 64 (1978): 7-14.

Hemingway, Maurice. *Emilia Pardo Bazán: The Making of a Novelist.* Cambridge: Cambridge UP, 1983.

Osborne, Robert E. *Emilia Pardo Bazán: Su vida y sus obras.* Mexico: Andrea, 1964.

Pardo Bazán, Emilia. "Apuntes autobiográficos." Prologue to *Los pazos de Ulloa.* Barcelona: Cortezo, 1886. Rpt. in *Obras completas.* Vol. 3. Ed. Harry L. Kirby. Madrid: Aguilar, 1973. 698-732.

———. "La cuestión académica." *"La mujer española" y otros artículos feministas.* Ed. Leda Schiavo. Madrid: Nacional, 1976. 197-204.

———. "La mujer española." *"La mujer española" y otros artículos feministas.* Ed. Leda Schiavo. Madrid: Nacional, 1976. 25-70.

———. *"The White Horse" and Other Stories.* Ed. and trans. Robert M. Fedorchek. Lewisburg: Bucknell UP, 1993.

———. "The Women of Spain." *Fortnightly Review* 1 June 1889: 879-904.

Paredes Núñez, Juan. *Los cuentos de Emilia Pardo Bazán*. Granada: U de Granada, 1979.

Pattison, Walter. *Emilia Pardo Bazán*. New York: Twayne, 1971.

Sánchez Cantón, F. J. "Doña Emilia Pardo Bazán en la Facultad." *El centenario de doña Emilia Pardo Bazán*. Madrid: Facultad de filosofía y letras, U de Madrid, 1952. 58–65.

Santacruz, Pascual. "El siglo de los marimachos." *La España moderna* 19 (1907): 79–94.

BIBLIOGRAPHY

About the Author

Bravo-Villasante, Carmen. *Vida y obra de Emilia Pardo Bazán.* Madrid: Revista de Occidente, 1962.

————. *Vida y obra de Emilia Pardo Bazán: Correspondencia amorosa con Pérez Galdós.* Madrid: Magisterio Español, 1973.

Osborne, Robert E. *Emilia Pardo Bazán: Su vida y sus obras.* Mexico: Andrea, 1964.

Pardo Bazán, Emilia. "Apuntes autobiográficos." Prologue to *Los pazos de Ulloa.* Barcelona: Cortezo, 1886. Rpt. in *Obras completas.* Vol. 3. Ed. Harry L. Kirby. Madrid: Aguilar, 1973. 698–732.

Pattison, Walter. *Emilia Pardo Bazán.* New York: Twayne, 1971.

Sánchez Cantón, F. J. "Doña Emilia Pardo Bazán en la Facultad." *El centenario de doña Emilia Pardo Bazán.* Madrid: Facultad de filosofía y letras, U de Madrid, 1952. 58–65.

Works by Emilia Pardo Bazán—in Spanish

All except the collection of essays *"La mujer española" y otros artículos feministas* are included in the Aguilar *Obras completas.*

MAJOR NOVELS

El cisne de Vilamorta (1885)

Una cristiana (1890)

Dulce dueño (1911)

Insolación (1889)

La Madre Naturaleza (1887)

Memorias de un solterón (1896)

Morriña (1889)

Los pazos de Ulloa (1886)

La prueba (1890)

La quimera (1905)

La sirena negra (1908)

La Tribuna (1882)

Un viaje de novios (1881)

SELECTED ESSAYS

Al pie de la Torre Eiffel, por Francia y por Alemania (1889)

La cuestión palpitante (1883)

"La mujer española" y otros artículos feministas (1890–93)

La revolución y la novela en Rusia (1887)

SHORT STORY COLLECTIONS

Compiled by the Author in Her 44-Volume *Obras completas*

Cuentos de amor. Vol. 16. Madrid: Prieto, 1898.

Cuentos de la tierra. Vol. 43. Madrid: Atlántida, 1922.

Cuentos de Marineda. Vol. 5. Madrid: Pueyo, 1892.

Cuentos de Navidad y Reyes; Cuentos de la Patria; Cuentos antiguos.
   Vol. 25. Madrid: Pueyo, 1902.

Cuentos nuevos. Vol. 10. Madrid: Prieto, 1894.

Cuentos sacroprofanos. Vol. 17. Madrid: Prieto, 1899.

Un destripador de antaño: Historias y cuentos regionales. Vol. 2.
   Madrid: Prieto, 1900.

En tranvía: Cuentos dramáticos. Vol. 23. Madrid: Renacimiento, 1901.

El fondo del alma: Cuentos del terruño. Vol. 31. Madrid: Prieto, 1907.

Sudexprés. Vol. 36. Madrid: Pueyo, 1909.

Compiled by Others

Kirby, Harry L., ed. *Obras completas.* Vol. 3. Madrid: Aguilar, 1973.

Paredes Núñez, Juan, ed. *Cuentos completos.* 4 vols. La Coruña: Fundación Pedro Barrie de la Maza, Conde de Fenosa, 1990.

————. *Los cuentos de Emilia Pardo Bazán.* Granada: U de Granada, 1979.

————, ed. *Cuentos: Selección.* Madrid: Taurus, 1984.

Sainz de Robles, Federico, ed. *Obras completas.* Vols. 1 and 2. Madrid: Aguilar, 1957.

Works by Emilia Pardo Bazán—in English

NOVELS

The Angular Stone. Trans. of *La piedra angular.* Trans. Mary J. Serrano. New York: Cassell, 1892; Merson 1900. Excerpted in *Contemporary Spain As Shown by Her Novelists.* Ed. Mary Wright Plummer. New York: Truslove, 1899.

A Christian Woman. Trans. of *Una cristiana.* Trans. Mary A. Springer. New York: Cassell, 1891. Excerpted in *Contemporary Spain As Shown by Her Novelists.* Ed. Mary Wright Plummer. New York: Truslove, 1899.

The House of Ulloa. Trans. of *Los pazos de Ulloa.* Trans. Paul O'Prey and Lucia Graves. New York: Penguin, 1991.

The House of Ulloa. Trans. Roser Caminals-Heath. Athens: U of Georgia P, 1992.

Midsummer Madness. Trans. of *Insolación.* Trans. Amparo Loring. Boston: Clark, 1907.

Morriña (Homesickness). Trans. Mary J. Serrano. New York: Cassell, 1891. Excerpted in *Contemporary Spain As Shown by Her Novelists*. Ed. Mary Wright Plummer. New York: Truslove, 1899.

The Mystery of the Lost Dauphin (Louis XVII). Trans. of *Misterio*. Trans. Annabel Hord Seeger. New York: Funk, 1906.

The Son of the Bondswoman. Trans. of *Los pazos de Ulloa*. Trans. Ethel Harriet Hearn. New York: n.p., 1908. New York: Fertig, 1976.

The Swan of Vilamorta. Trans. of *El cisne de Vilamorta*. Trans. Mary J. Serrano. New York: Cassell, 1891. Excerpted in *Contemporary Spain As Shown by Her Novelists*. Ed. Mary Wright Plummer. New York: Truslove, 1899.

A Wedding Trip. Trans. of *Un viaje de novios*. Trans. Mary J. Serrano. New York: Cassell, 1891; Chicago: Hennebury, 1910.

Essays

Russia, Its People and Its Literature. Trans. of *La revolución y la novela en Rusia*. Trans. Fanny Hale Gardiner. Chicago: McClurg, 1901.

"The Women of Spain." Trans. of "La mujer española." *Fortnightly Review* 1 June 1889: 879–904.

Stories

"A Churchman Militant." Trans. of "Nieto del Cid." *Tales from the Italian and Spanish*. Vol. 8. New York: Review, 1920. 92–100. *"A Moral Divorce" and Other Stories of Modern Spain*. Ed. E. Haldeman-Julius. Little Blue Book 1197. Girard: Haldeman-Julius, 1927. 37–48.

"First Love." Trans. of "Primer amor." *Tales from the Italian and Spanish*. Vol. 8. New York: Review, 1920. 273–80. *"First Love" and Other Fascinating Stories of Spanish Life*. Ed. E. Haldeman-Julius. Little Blue Book 1195. Girard: Haldeman-Julius, 1927. 5–14.

"First Prize." Trans. of "El premio gordo." Trans. Armando Zegri. *Great Stories of All Nations*. New York: Brentano's, 1927. 209–14.

"The Heart Lover." Trans. of "Un destripador de antaño." Trans. Edward and Elizabeth Huberman. *Great Spanish Short Stories*. Ed. Angel Flores. New York: Dell, 1962. 114–38.

"The Last Will of Don Javier." Trans. of "Desde allá." *Tales from the Italian and Spanish*. Vol. 8. New York: Review, 1920. 267–72.

"The Pardon." Trans. of "El indulto." *Tales from the Italian and Spanish*. Vol. 8. New York: Review, 1920. 215–25. *"The Devil's Mother-in-Law" and Other Stories of Modern Spain*. Ed. E. Haldeman-Julius. Little Blue Book 1198. Girard: Haldeman-Julius, 1927. 30–43.

"The Revolver." Trans. of "El revólver." Trans. Angel Flores. *Spanish Stories: Cuentos españoles*. New York: Bantam, 1960. 116–27.

"Sister Aparición." Trans. of "Sor Aparición." Trans. Harriet de Onís. *Spanish Stories and Tales*. New York: Knopf, 1954. 90–95.

"The Talisman." Trans. of "El talismán." Trans. William E. Colford. *Classic Tales from Modern Spain*. Great Neck: Barron's, 1964. 24–32.

"The White Horse" and Other Stories. Trans. Robert M. Fedorchek. Lewisburg: Bucknell UP, 1993.

Selected Criticism on the Stories

Ashworth, Peter P. "Of Spinning Wheels and Witches: Pardo Bazán's 'Afra' and *La bruja*." *Letras femeninas* 18.1–2 (1992): 108–18.

Baquero Goyanes, Mariano. *El cuento español: Del romanticismo al realismo*. Ed. Ana L. Baquero Escudero. Madrid: Consejo Superior de Investigaciones Científicas, 1992.

————. *El cuento español en el siglo XIX*. Madrid: Consejo Superior de Investigaciones Científicas, 1949.

Cannon, Harold L. "Algunos aspectos estilísticos en los cuentos de Emilia Pardo Bazán." *Káñina* 7.2 (1983): 83–92.

Cate-Arries, Francie. "Murderous Impulses and Moral Ambiguity: Emilia Pardo Bazán's Crime Stories." *Romance Quarterly* 39 (1992): 205–10.

Charnon-Deutsch, Lou. "Naturalism in the Short Fiction of Emilia Pardo Bazán." *Hispanic Journal* 3 (1981): 73–85.

————. *The Nineteenth-Century Spanish Story: Textual Strategies of a Genre in Transition*. London: Tamesis, 1985.

Durham, Carolyn Richardson. "Subversion in Two Short Stories by Emilia Pardo Bazán." *Letras peninsulares* 2 (1989): 55–64.

Eberenz, Rolf. *Semiótica y morfología textual del cuento naturalista: E. Pardo Bazán, L. Alas "Clarín," V. Blasco Ibáñez*. Madrid: Gredos, 1989.

Feeny, Thomas. "Illusion and the Don Juan Theme in Pardo Bazán's *Cuentos de amor*." *Hispanic Journal* 1.11 (1980): 67–71.

González Torres, Rafael. *Los cuentos de Emilia Pardo Bazán*. Boston: Florentia, 1977.

Livingston, Dana J. "The Subversion of Sexual and Gender Roles in the Short Fiction of Emilia Pardo Bazán." Diss. U of Colorado, 1995.

Paredes Núñez, Juan. "El cuento policíaco en Pardo Bazán." *Estudios sobre literatura y arte dedicados al profesor Emilio Orozco Díaz*. Vol. 3. Granada: U de Granada, 1979. 7–18.

————. *Los cuentos de Emilia Pardo Bazán*. Granada: U de Granada, 1979.

Pérez, Janet. "Winners, Losers, and Casualties in Pardo Bazán's Battle of the Sexes." *Letras peninsulares* 5 (1992–93): 347–56.

Rey, Alfonso. "El cuento psicológico en Pardo Bazán." *Hispanófila* 59 (1977): 19–30.

Sánchez, Porfirio. "How and Why Emilia Pardo Bazán Went from the Novel to the Short Story." *Romance Notes* 11 (1969): 309–14.

Tolliver, Joyce. "Knowledge, Desire, and Syntactic Empathy in Pardo Bazán's 'La novia fiel.'" *Hispania* 72 (1989): 909–18.

————. "'La Que Entrega La Mirada, Lo Entrega Todo': The Sexual Economy of the Gaze in Pardo Bazán's 'La mirada.'" *Romance Languages Annual* 4 (1993): 620–26.

————. "Script Theory, Perspective, and Message in Narrative: The Case of 'Mi suicidio.'" *The Text and Beyond: Essays in Literary Linguistics.* Ed. Cynthia Goldin Bernstein. Tuscaloosa: U of Alabama P, 1994. 97–119.

————. "'Sor Aparición' and the Gaze: Pardo Bazán's Gendered Reply to the Romantic Don Juan." *Hispania* 77 (1994): 185–96.

NOTE ON EDITIONS

Most of Pardo Bazán's stories appeared in at least two forms during her lifetime. They were first published in periodicals intended for a general public, or occasionally in literary journals, and were then included in the author's self-compiled *Obras completas*, published in forty-four volumes between 1891 and 1922. Pardo Bazán often made editorial changes when preparing the stories for publication in her *Obras completas*. For this reason, while I consulted the original journal publication to identify any important authorial revisions that might affect the stories' interpretation, here I reproduce this later edition.

Pardo Bazán, like many of her contemporaries, used punctuation, especially ellipses, in an idiosyncratic way. We have retained the punctuation as well as the paragraph division of the self-compiled *Obras completas*.

The reader who wishes to consult other stories by Pardo Bazán may also find them in contemporary versions. Juan Paredes Núñez has united 580 of the stories in his four-volume *Cuentos completos*, although in the introduction to the first volume he admits that it is highly likely that there are still more, unedited, stories by this author. His collection has several useful appendixes, including one that lists the original publication data for each story. Most of the stories found in Paredes Núñez's edition are included in the three-volume *Obras completas* of Pardo Bazán published by Aguilar in 1957 (vols. 1 and 2) and 1973 (vol. 3). The original publication information for the stories included in this volume is as follows:

"Primer amor." *Revista ibérica* 14, 1883; *La dama joven y otros cuentos.* (Barcelona: Cortezo, 1885); *Cuentos de amor.*

"Piña." *La ilustración artística* 447, 1890; *Cuentos nuevos.*

"Cuento primitivo." *El imparcial,* 7 Aug. 1893; *Cuentos nuevos.*

"Mi suicidio." *El imparcial,* 12 Mar. 1894; *Cuentos de amor.*

"Sor Aparición." *El imparcial,* 19 Sep. 1896; *Cuentos de amor.*

"Memento." *El imparcial,* 20 Apr. 1896; *Cuentos de amor.*

"El encaje roto." *El liberal,* 19 Sep. 1897; *Cuentos de amor.*

"Champagne." *Cuentos de amor.*

"La mirada." *El imparcial,* 7 Dec. 1908; *Sudexprés.*

"La clave." *Blanco y negro* 914, 1908; *Sudexprés.*

"La boda." *Sudexprés.*

"Los escarmentados." *Sudexprés.*

"Náufragas." *Blanco y negro* 946, 1909; *Cuentos nuevos.*

"Feminista." *Sudexprés.*

"La punta del cigarro." *La ilustración española y americana,* 36, 30 Sep. 1914.

"El árbol rosa." *Raza española,* special issue dedicated to the memory of Pardo Bazán, 1921.

Cuentos de amor. Obras completas. Vol. 16 (Madrid: Prieto, 1898).

Cuentos nuevos. Obras completas. Vol. 10 (Madrid: Prieto, 1894).

Sudexprés. Obras completas. Vol. 36 (Madrid: Pueyo, 1909).

El encaje roto
y otros cuentos

PRIMER AMOR

"Primer amor" repeats a common theme and has the structure of many other stories, such as Turgenev's First Love (1860), that develop this theme: a mature male narrator recounts to a group of male friends his first amorous adventure. Pardo Bazán's version offers a subtly gendered difference, however, in the ironic inclusion of the voice of the female object of desire at the story's end. Her wry twist of the classic vanitas theme offsets the grotesque element of the narrator's description of the woman's aged body. Pardo Bazán often lampoons Romantic clichés, but this story does it gently and perhaps even poignantly.

¿Qué edad contaría yo a la sazón? ¿Once o doce años? Más bien serían trece, porque antes es demasiado temprano para enamorarse tan de veras; pero no me atrevo a asegurar nada, considerando que en los países meridionales madruga mucho el corazón, dado que esta víscera tenga la culpa de semejantes trastornos.

Si no recuerdo bien el *cuándo,* por lo menos puedo decir con completa exactitud el *cómo* empezó mi pasión a revelarse.

Gustábame mucho —después de que mi tía se largaba

a la iglesia a hacer sus devociones vespertinas— colarme en su dormitorio y revolverle los cajones de la cómoda, que los tenía en un orden admirable. Aquellos cajones eran para mí un museo: siempre tropezaba en ellos con alguna cosa rara, antigua, que exhalaba un olorcillo arcaico y discreto: el aroma de los abanicos de sándalo que andaban por allí perfumando la ropa blanca. Acericos de raso descolorido ya; mitones de malla, muy doblados entre papel de seda; estampitas de santos; enseres de costura; un «ridículo» de terciopelo azul bordado de canutillo: un rosario de ámbar y plata, fueron apareciendo por los rincones: yo los curioseaba y los volvía a su sitio. Pero un día —me acuerdo lo mismo que si fuese hoy— en la esquina del cajón superior y al través de unos cuellos de rancio encaje, vi brillar un objeto dorado... Metí las manos, arrugué sin querer las puntillas, y saqué un retrato, una miniatura sobre marfil, que mediría tres pulgadas de alto, con marco de oro.

Me quedé como embelesado al mirarla. Un rayo de sol se filtraba por la vidriera y hería la seductora imagen, que parecía querer desprenderse del fondo oscuro y venir hacia mí. Era una criatura hermosísima, como yo no la había visto jamás sino en mis sueños de adolescente, cuando los primeros estremecimientos de la pubertad me causaban, al caer la tarde, vagas tristezas y anhelos indefinibles. Podría la dama del retrato frisar en los veinte y pico; no era una virgencita cándida, capullo a medio abrir, sino una mujer en quien ya resplandecía todo el fulgor de la belleza. Tenía la cara oval, pero no muy prolongada; los labios carnosos, entreabiertos y risueños; los ojos lánguidamente entornados, y un hoyuelo en la barba, que parecía abierto por la yema del dedo juguetón de Cupido. Su peinado era extraño y gracioso: un grupo compacto, a manera de piña de bucles al lado de las sienes, y un cesto de trenzas en lo alto de la cabeza. Este peinado antiguo, que arremangaba en la nuca, descubría toda la morbidez de la fresca garganta, donde el hoyo de la barbilla se repetía más delicado y suave. En cuanto al vestido...

Yo no acierto a resolver si nuestras abuelas eran de suyo menos recatadas de lo que son nuestras esposas, o si los confesores de antaño gastaban manga más ancha que los de hogaño; y me inclino a creer esto último, porque hará unos sesenta años las hembras se preciaban de cristianas y devotas, y no desobedecían a su director de conciencia en cosa tan grave y patente. Lo indudable es que si en el día se presenta alguna señora con el traje de la dama del retrato, ocasiona un motín, pues desde el talle (que nacía casi en el sobaco) sólo la velaban leves ondas de gasa diáfana, señalando, mejor que cubriendo, dos escándalos de nieve, por entre los cuales serpeaba un hilo de perlas, no sin descansar antes en la tersa superficie del satinado escote.

5

Con el propio impudor se ostentaban los brazos redondos, dignos de Juno, rematados por manos esculturales... Al decir *manos* no soy exacto, porque, en rigor, sólo una mano se veía, y ésa apretaba un pañuelo rico.

Aún hoy me asombro del fulminante efecto que la contemplación de aquella miniatura me produjo, y de cómo me quedé arrobado, suspensa la respiración, comiéndome el retrato con los ojos. Ya había yo visto aquí y acullá estampas que representaban mujeres bellas; frecuentemente, en las *Ilustraciones*,[1] en los grabados mitológicos del comedor, en los escaparates de las tiendas, sucedía que una línea gallarda, un contorno armonioso y elegante, cautivaba mis miradas precozmente artísticas; pero la miniatura encontrada en el cajón de mi tía, aparte de su gran gentileza, se me figuraba como animada de sutil aura vital; advertíase en ella que no era el capricho de un pintor, sino imagen de persona real, efectiva, de carne y hueso. El rico y jugoso tono del empaste hacía adivinar, bajo la nacarada epidermis, la sangre tibia; los labios se desviaban para lucir el esmalte de los dientes; y, completando la ilusión, corría alrededor del marco una orla de cabellos naturales castaños, ondeados y sedosos, que habían crecido en las sienes del original. Lo dicho: aquello, más que copia, era reflejo de persona

---

[1] Illustrated weekly magazines, designed for a general audience.

viva, de la cual sólo me separaba un muro de vidrio...

Puse la mano en él, lo calenté con mi aliento, y se me ocurrió que el calor de la misteriosa deidad se comunicaba a mis labios y circulaba por mis venas.

Estando en esto, sentí pisadas en el corredor. Era mi tía que regresaba de sus rezos. Oí su tos asmática y el arrastrar de sus pies gotosos. Tuve tiempo no más que de dejar la miniatura en el cajón, cerrarlo, y arrimarme a la vidriera, adoptando una actitud indiferente y nada sospechosa.

Entró mi tía sonándose recio, porque el frío de la iglesia le había recrudecido el catarro ya crónico. Al verme se animaron sus ribeteados ojillos, y, dándome un amistoso bofetoncito con la seca palma, me preguntó si le había revuelto los cajones, según costumbre.

Después, sonriéndose con picardía:

—Aguarda, aguarda —añadió—, voy a darte algo... que te chuparás los dedos.

Y sacó de su vasta faltriquera un cucurucho, y del cucurucho, tres o cuatro bolitas de goma adheridas, como aplastadas, que me infundieron asco.

La estampa de mi tía no convidaba a que uno abriese la boca y se zampase el confite: muchos años, la dentadura traspillada, los ojos enternecidos más de lo justo, unos asomos de bigote o cerdas sobre la hundida boca, la raya de tres dedos de ancho, unas canas sucias revoloteando sobre las sienes amarillas, un pescuezo flácido y lívido como el moco del pavo cuando está de buen humor... Vamos, que yo no tomaba las bolitas, ¡ea! Un sentimiento de indignación, una protesta varonil se alzó en mí, y declaré con energía:

—No quiero, no quiero.

—¿No quieres? ¡Gran milagro! ¡Tú que eres más goloso que la gata!

—Ya no soy ningún chiquillo —exclamé creciéndome, empinándome en la punta de los pies—y no me gustan las golosinas.

La tía me miró entre bondadosa e irónica, y al fin, cediendo a la gracia que le hice, soltó el trapo, con lo cual se desfiguró y puso patente la espantable anatomía de sus quijadas. Reíase de tan buena gana, que se besaban barba y nariz, ocultando los labios, y se le señalaban dos arrugas, o mejor, dos zanjas hondas, y más de una docena de pliegues en mejillas y párpados; al mismo tiempo, la cabeza y el vientre se le columpiaban con las sacudidas de la risa, hasta que al fin vino la tos a interrumpir las carcajadas, y entre risas y tos, involuntariamente, la vieja me regó la cara con un rocío de saliva... Humillado y lleno de repugnancia, huí a escape y no paré hasta el cuarto de mi madre, donde me lavé con agua y jabón, y me di a pensar en la dama del retrato.

Y desde aquel punto y hora ya no acerté a separar mi

pensamiento de ella. Salir la tía y escurrirme yo hacia su aposento, entreabrir el cajón, sacar la miniatura y embobarme contemplándola, todo era uno. A fuerza de mirarla, figurábaseme que sus ojos entornados, al través de la voluptuosa penumbra de las pestañas, se fijaban en los míos, y que su blanco pecho respiraba afanosamente. Me llegó a dar vergüenza besarla, imaginando que se enojaba de mi osadía, y sólo la apretaba contra el corazón o arrimaba a ella el rostro. Todas mis acciones y pensamientos se referían a la dama; tenía con ella extraños refinamientos y delicadezas nimias. Antes de entrar en el cuarto de mi tía y abrir el codiciado cajón, me lavaba, me peinaba, me componía, como vi después que suele hacerse para acudir a las citas amorosas.

Me sucedía a menudo encontrar en la calle a otros niños de mi edad, muy armados ya de su cacho de novia, que ufanos me enseñaban cartitas, retratos y flores, preguntándome si yo no escogería también «mi niña» con quien cartearme. Un sentimiento de pudor inexplicable me ataba la lengua, y sólo les contestaba con enigmática y orgullosa sonrisa. Cuando me pedían parecer acerca de la belleza de sus damiselillas, me encogía de hombros y las calificaba desdeñosamente de *feas* y *fachas.*

Ocurrió cierto domingo que fui a jugar a casa de unas primitas mías, muy graciosas en verdad, y que la mayor no llegaba a los quince. Estábamos muy entretenidos en

9

ver un estereóscopo, y de pronto una de las chiquillas, la menor, doce primaveras a lo sumo, disimuladamente me cogió la mano, y, conmovidísima, colorada como una fresa, me dijo al oído:

—Toma.

Al propio tiempo sentí en la palma de la mano una cosa blanda y fresca, y vi que era un capullo de rosa, con su verde follaje. La chiquilla se apartaba sonriendo y echándome una mirada de soslayo; pero yo, con un puritanismo digno del casto José, grité a mi vez:

—¡Toma!

Y le arrojé el capullo a la nariz, desaire que la tuvo toda la tarde llorosa y de morros conmigo, y que aún a estas fechas, que se ha casado y tiene tres hijos, probablemente no me ha perdonado.

Siéndome cortas para admirar el mágico retrato las dos o tres horas que entre mañana y tarde se pasaba mi tía en la iglesia, me resolví, por fin, a guardarme la miniatura en el bolsillo, y anduve todo el día escondiéndome de la gente lo mismo que si hubiese cometido un crimen.

Se me antojaba que el retrato, desde el fondo de su cárcel de tela, veía todas mis acciones, y llegué al ridículo extremo de que si quería rascarme una pulga, atarme un calcetín o cualquier otra cosa menos conforme con el idealismo de mi amor purísimo, sacaba primero la miniatura, la depositaba en sitio seguro y después me juzgaba libre de hacer lo que más me conviniese.

En fin, desde que hube consumado el robo, no cabía en mí; de noche lo escondía bajo la almohada y me dormía en actitud de defenderlo; el retrato quedaba vuelto hacia la pared, yo hacia la parte de afuera, y despertaba mil veces con temor de que viniesen a arrebatarme mi tesoro. Por fin lo saqué de debajo de la almohada y lo deslicé entre la camisa y la carne, sobre la tetilla izquierda, donde al día siguiente se podían ver impresos los cincelados adornos del marco.

El contacto de la cara miniatura me produjo sueños deliciosos. La dama del retrato, no en efigie, sino en su natural tamaño y proporciones, viva, airosa, afable, gallarda, venía hacia mí para conducirme a su palacio, en un carruaje de blandos almohadones. Con dulce autoridad me hacía sentar a sus pies en un cojín y me pasaba la torneada mano por la cabeza, acariciándome la frente, los ojos y el revuelto pelo. Yo le leía en un gran misal, o tocaba el laúd, y ella se dignaba sonreírse, agradeciéndome el placer que le causaban mis canciones y lecturas. En fin: las reminiscencias románticas me bullían en el cerebro, y ya era paje, ya trovador.

Con todas estas imaginaciones, el caso es que fui adelgazando de un modo notable, y lo observaron con gran inquietud mis padres y mi tía.

11

—En esa difícil y crítica edad del desarrollo, todo es alarmante —dijo mi padre, que solía leer libros de Medicina y estudiaba con recelo las ojeras oscuras, los ojos apagados, la boca contraída y pálida, y, sobre todo, la completa falta de apetito que se apoderaba de mí.

—Juega, chiquillo; come, chiquillo —solían decirme.

Y yo les contestaba con abatimiento:

—No tengo ganas.

Empezaron a discurrirme distracciones; me ofrecieron llevarme al teatro; me suspendieron los estudios, y diéronme a beber leche recién ordeñada y espumosa. Después me echaron por el cogote y la espalda duchas de agua fría, para fortificar mis nervios; y noté que mi padre, en la mesa, o por las mañanas cuando iba a su alcoba a darle los buenos días, me miraba fijamente un rato y a veces sus manos se escurrían por mi espinazo abajo, palpando y tentando mis vértebras. Yo bajaba hipócritamente los ojos, resuelto a dejarme morir antes que confesar el delito. En librándome de la cariñosa fiscalización de la familia, ya estaba con mi dama del retrato. Por fin, para mejor acercarme a ella, acordé suprimir el frío cristal: vacilé al ir a ponerlo en obra; al cabo pudo más el amor que el vago miedo que semejante profanación me inspiraba, y con gran destreza logré arrancar el vidrio y dejar patente la plancha de marfil.

Al apoyar en la pintura mis labios y percibir la tenue fragancia de la orla de cabellos, se me figuró con más evidencia que era persona viviente la que estrechaban mis manos trémulas. Un desvanecimiento se apoderó de mí, y quedé en el sofá como privado de sentido, apretando la miniatura.

Cuando recobré el conocimiento vi a mi padre, a mi madre, a mi tía, todos inclinados hacia mí con sumo interés; leí en sus caras el asombro y el susto; mi padre me pulsaba, meneaba la cabeza y murmuraba:

—Este pulso parece un hilito, una cosa que se va.

Mi tía, con sus dedos ganchudos, se esforzaba en quitarme el retrato, y yo, maquinalmente, lo escondía y aseguraba mejor.

—Pero, chiquillo..., ¡suelta, que lo echas a perder! —exclamaba ella—. ¿No ves que lo estás borrando? Si no te riño, hombre... Yo te lo enseñaré cuantas veces quieras; pero no lo estropees. Suelta, que le haces daño.

—Dejáselo —suplicaba mi madre—, el niño está malito.

—¡Pues no faltaba más! —contestó la solterona—. ¡Dejarlo! ¿Y quién hace otro como ése... ni quién me vuelve a mí los tiempos aquellos? ¡Hoy en día nadie pinta miniaturas!... Eso se acabó... ¡Y yo también me acabé y no soy lo que ahí aparece!

Mis ojos se dilataban de horror; mis manos aflojaban la pintura. No sé cómo pude articular:

—Usted... El retrato..., es usted...

—¿No te parezco tan guapa, chiquillo? ¡Bah! Veintiséis años son más bonitos que..., que..., que no sé cuántos, porque no llevo la cuenta; ¡nadie ha de robármelos!

Doblé la cabeza, y acaso me desmayaría otra vez; lo cierto es que mi padre me llevó en brazos a la cama y me hizo tragar unas cucharadas de oporto.

Convalecí presto y no quise entrar más en el cuarto de mi tía.

PI̱ÑA

In the clearly implied parallels between the behavior of the monkeys Piña and Coco and that of human beings, Pardo Bazán allies herself with the naturalist view of human life as governed primarily by animal instincts. But at the same time, the animal-human behavior she chooses to represent—Piña's passive acceptance of her mate's abuse— draws attention to a social problem that was rarely discussed in Pardo Bazán's day and indeed has only recently become the topic of widespread attention. The following comment, which she made seventeen years after the publication of "Piña," provides a more explicit condemnation of society's complacency in regard to this social ill: "Goza la mujer española de recia salud y larga vida, por término medio superior a la del varón; con todo, tiene y sufre una enfermedad más que él. No se trata de la maternidad, que no es enfermedad, sino función fisiológica. La enfermedad que arrebata a tantas españolas es la navaja, esgrimida por celosas y brutales manos... Achaque nacional, signo de raza" ("La mujer española," Blanco y negro, 5 Jan. 1907: 1).

Still, while the author is clearly critical of the physical abuse of females by males in this story, her stance toward the victim Piña is less straightforward. When Piña dies at the end of the story, how are we to interpret the difference between the responses of the narrator's sons and of the narrator's daughter?

15

Hija del sol, habituada a las fogosas caricias del bello y resplandeciente astro, la cubana Piña se murió, indudablemente, de languidez y de frío, en el húmedo clima del Noroeste, donde la confinaron azares de la fortuna.

Sin embargo, no omitíamos ningún medio de endulzar y hacer llevadera la vida de la pobre expatriada.

Cuando llegó, tiritando, desmadejada por la larga travesía, nos apresuramos a cortarle y coserle un precioso casaquín de terciopelo naranja galoneado de oro, que ella se dejó vestir de malísima gana, habituada como estaba a la libre desnudez en sus bosques de cocoteros.

Al fin, quieras que no, le encajamos su casaquín, y se dio a brincar, tal vez satisfecha del suave calorcillo que advertía. Sólo que, con sus malas mañas de usar, en vez de tenedor y cuchillo, los cinco mandamientos, en dos o tres días puso el casaquín majo hecho una gloria. El caso es que le sentaba tan graciosamente, que no renunciamos a hacerle otro con cualquier retal.

Porque es lo bueno que tenía Piña: que de una vara escasa de tela se le sacaba un cumplido gabán, y de medio panal de algodón en rama se le hacía un edredón delicioso. ¡Y apenas le gustaba a ella arrebujarse y agasajarse en aquel rinconcejo tibio, donde el propio curso de su sangre y la respiración de su pechito delicado formaban una atmósfera dulce, que le traía vagas reminiscencias del clima natal!

De noche se acurrucaba en su medio panalito; pero de día, la vivacidad de su genio no le daba lugar a que permaneciese en tal postura, y todo se le volvía saltar, agarrarse a una cuerda pendiente de un anillo en el techo, columpiarse, volatinear, enseñarnos los dientes y exhalar agrios chillidos. Si le llevábamos una avellana, media zanahoria, una uva, tendía su mano negra y glacial, de ágiles deditos, trincaba el fruto, la golosina o lo que fuese, y mientras lo mordiscaba y lo saboreaba y lo hacía descender, ya medio triturado, a las dos bolsas que guarnecían, bajo las mejillas, su faz muequera, nos miraban con benevolencia y no sin algún recelo sus contráctiles ojos de oro, ojos infantiles, que velaba una especie de melancolía indefinible.

Mucho sentíamos verla prisionera detrás de aquella reja de alambre; pero ¡el diablo que suelte a una criatura por el estilo! No quedaría en casa, a la media hora de haberla soltado, títere con cabeza. Un día que logró escaparse, burlando nuestra severa vigilancia, causó más averías que el ciclón. Volcó dos jarrones de flores, haciéndolos añicos, por supuesto; arrancó las hojas a tres o cuatro volúmenes; paseó por toda la casa la gorra del cochero, acabando por arrojarla en el fogón; destrozó un quinqué, se bebió el petróleo, y, por último, apareció medio ahorcada en los alambres de una campanilla eléctrica. De milagro la sacamos con vida, demostrándonos una vez más su escapatoria que la libertad no conviene a todos, sino tan sólo a los que saben moderadamente disfrutarla.

Pero, claro está, la infeliz Piña, al verse libre y señera, se había creído en sus florestas del trópico, donde nadie arma bronca a nadie por rama tronchada más o menos. Pasado el desorden de su primera embriaguez, cayó Piña en abatimiento profundo, no sé si por reacción de la febril actividad gastada en pocas horas, o si por obra de la turca de petróleo. Causaba pena verla al través del enrejado, tan alicaída, tan pálida, con el pellejo de las fauces tan arrugado y el pelo tan erizado y revuelto. Su inmovilidad entristecía la jaula, y su plañidero gañido tenía cierta semejanza con la queja sorda del niño debilitado y enfermo. Comprendimos que era preciso intentar algún remedio heroico, y al primer capitán de barco que quiso aceptar la comisión le encargamos un novio para Piña.

¡Nada menos que un novio!

Porque conviene saber que Piña conservaba el candor, la inocencia, la honestidad y todas esas cosas que deben conservar las damiselas acreedoras a la consideración y respeto del público. La flor —si así puede decirse— de su virginidad estaba intacta. Y aunque ningún indicio justificara la atrevida y ofensiva suposición de que Piña estuviese atravesando la sazón crítica en que las doncellas se pirran por marido, la pena y decaimiento en que se encontraba sumergida eran motivo suficiente para que le proporcionásemos la suprema distracción del amor y del hogar. Aflojamos, pues, cinco duros, y el novio, muy lucio de pelaje y muy listo de movimientos, entró en la jaula como en territorio conquistado.

¿Estaría aquel galán empapado en las teorías de Luis Vives, fray Luis de León[1] y otros pensadores, que consideran a la hembra creada exclusivamente para el fin de cooperar a la mayor conveniencia, decoro, orgullo, poderío y satisfacción de los caprichos del macho? ¿Se habría propuesto llevar a la práctica el irónico mandamiento de la musa popular, que dice:

> Tratarás a tu mujer
> como mula de alquiler...,

o procedería guiado por un espíritu de venganza y resentimiento, al notar que la joven desposada le recibía con frialdad evidente y con despego marcadísimo? Lo que puedo afirmar es que, desde el primer día, el esposo de Piña —al cual pusimos el nombre significativo de Coco— se convirtió en aborrecible tirano. Yo no sé si

---

[1] References are to Juan Luis Vives (1492–1540) and Luis Ponce de León (1527?–1591), humanist scholars of the Counter Reformation. Vives is the author of *Instrucción de la mujer cristiana*, which strongly influenced Fray Luis's *La perfecta casada*. Both works advocate restricting women to the domestic sphere and a woman's subservience to the male sex; they have been highly influential in the development of cultural notions of sex roles in Spain.

medió entre ellos algo semejante a conyugales caricias; respondo, sí, de que, o por exceso de pudor —raro en gentes de su casta— o porque tales caricias no existieron, jamás advertimos que Coco y Piña, en sus mutuas relaciones, se hubiesen de otra manera sino de la que voy a referir.

Encogida Piña en un rincón de la jaula, entre jirones de verduras, peras aplastadas y destrozadas zanahorias, llegábase a ella su marido, y bonitamente se le sentaba encima del espinazo, lo mismo que en cómodo escabel, poniéndole las dos patas sobre las ancas, y agarrándose con las dos manos al pescuezo de la infeliz, a riesgo de estrangularla. En tan difícil posición se sostenía en equilibrio Coco, sirviéndole de entretenimiento el atizar de cuando en cuando a su víctima un mordisco cruel, un impensado zarpazo o una bofetada en los ojos. Ella, trémula, engurruminada, hecha un ovillo, se mantenía quieta, porque la menor tentativa de escapatoria le costaría mordiscos y lampreazos sin número. Era inconcebible que el verdugo no se fatigase de estar así en vilo, pero no se fatigaba, y permanecía enhiesto en su pedestal viviente, como los sátrapas orientales que extendían al pie de su trono una alfombra de cuerpos humanos. Si nos acercábamos a la jaula, ofreciendo a la pareja alguna finecilla de dulces o frutas, la zarpa de Coco era la que asomaba al través del enrejado de alambre, y sus papos los únicos donde iban a esconderse las fresas o las almendras presentadas al matrimonio. Por ventura, dominada del instinto de la golosina, intentaba Piña alargar la diestra, mientras en sus ojos mortecinos, de arrugado y sedoso párpado, brillaba una chispa de deseo; pero inmediatamente, los dientecillos del marido hacían presa en sus orejas, el bofetón caía sobre sus fauces, y todo estímulo de la gula cedía ante la presión del dolor y del miedo.

Miedo, ¿por qué? He aquí el problema que me preocupaba, cuando me ponía a reflexionar en la suerte de la maltratada cubanita. Su marido, por mejor decir, su tirano, era de la misma estatura que ella; ni tenía más fuerza, ni más agilidad, ni más viveza, ni dientes más agudos, ni nada, en fin, sobre qué fundar su despotismo. ¿En qué consistía el intríngulis? ¿Qué influjo moral, qué soberanía posee el sexo masculino sobre el femenino, que así lo subyuga y lo reduce sin oposición ni resistencia al papel de pasividad obediente y resignada, a la aceptación del martirio?

Los primeros días, en una lucha cuerpo a cuerpo, sería imposible profetizar quién iba a salir vencedor, si el macho o la hembra, Piña o Coco. La hembra ni siquiera intentó defenderse: agachó la cabeza y aceptó el yugo. No era el amor quien la doblegaba, pues nunca vimos que su dueño le prodigase sino manotadas, repelones y dentelladas sangrientas. Era únicamente el prestigio de la masculinidad, la tradición de obediencia absurda de la fémina, esclava desde los tiempos prehistóricos. El quiso tomarla por felpudo, y ella ofreció el espinazo. No hubo ni asomo de protesta.

Y Piña se moría. Cada día estaba más pálida, más flaca, más temblona, más indiferente a todo. Ya no se rascaba, ni hacía muecas, ni nos reñía, ni trepaba por la soga. Su débil organismo nervioso de criatura tropical se disolvía; la falta de alimento traía la anemia, y la anemia preparaba la consunción. Nosotros habíamos desempeñado hasta entonces el papel de la sociedad, que no gusta de mezclarse en cuestiones domésticas y deja que el marido acabe con su mujer si quiere, ya que al fin es cosa suya; pero ante el exceso del mal, determinamos convertirnos en Providencia, y estableciendo en la jaula una división, encerramos en ella al verdugo, dejando sola y libre a la mártir.

Pintar los visajes y chillidos de Coco sería cuento de no acabar nunca. Al ver que le ofrecíamos a Piña golosinas y alimento, sus gritos de envidia y cólera aturdían la jaula. Y al pronto, Piña..., ¡oh hábito del miedo y de la resignación!, no se atrevía a saborear el regalo, como si aún al través de la reja, en la imposibilidad de hacerle daño alguno, le impusiese el déspota su voluntad. Con todo, según fueron pasando días, renació en Piña la confianza, lo mismo que en su desollado cogote brotaba nuevamente el pelo. Reflorecía su salud, engruesaba, sus ojos de ágata brillaban, sus dientes parecían más blancos, su rabo prehensil estaba muy juguetón, y sus manos traviesas retozaban fuera de los alambres, complaciéndose en espulgar, por vía de caricia, a todo el que se acercaba a su prisión. Si a esto se añade la proximidad del verano, lo suave de la temperatura, las frecuentes visitas del sol a la galería de cristales donde teníamos la jaula, se comprenderá la dicha de la esposa de Coco, su alegría y su nueva juventud, revelada en lo fino de su pelaje y en lo rápido de sus movimientos y gesticulaciones.

Para mayor felicidad de Piña, nos trasladamos a la Granja, y allí se le permitió explayarse por los jardines, subiéndose a los árboles cuanto consentía el largo de una cadenita ligera. Ella danzaba por la copa de las acacias y entre el follaje de las camelias, soñando tal vez que el cielo era no azul celeste, sino turquí, que el bosquecillo de frutales se convertía en cerrado manglar, y que en el estanque nadaban, en lugar de rojos ciprinos, pardos caimanes que dejaban en el agua un rastro de almizcle.

Ya no la prendíamos en jaula; nos contentábamos con amarrar su cadena, de noche, a una argollita. Cierta mañana encontramos la argolla y algún eslabón roto de la cadena, pero a Piña no. Apareció, después de largas pesquisas, en un alero del tejado, tiritando y medio muerta.

Ebria de libertad y de luz, confundió las noches de Galicia con las luminosas y tibias noches antillanas, y el rocío, la niebla, el frío del amanecer la hirieron con herida mortal.

Expiró lo mismo que una persona, o, por mejor decir, que una criatura: tosiendo, gimiendo blandamente, con agonía estertorosa, vidriándose sus ojos y humedeciéndose sus lagrimales. Mis niños quisieron enterrarla solemnemente en el jardín; cavaron su fosa al pie del gran naranjo *bravo*, no lejos de un pie de salvia todo florido; despositaron el cuerpo envuelto en un paño blanco; lo recubrieron de tierra, echaron sobre la sepultura flores, conchas, hasta cromos y aleluyas, y mientras los dos mayores lloraban todas las lágrimas de su corazoncito piadoso, la pequeña, haciendo trompeta con el hocico salado y ensayando los gestos y pucheros que juzgó más adecuados para expresar el dolor, pronunció estas palabras, condena del sentimentalismo y fórmula de un carácter jovial y antirromántico:

—Yo también quería llorar por la mona. ¡Pero no puedo!

CUENTO PRIMITIVO

"Cuento primitivo" most clearly anticipates contemporary feminist commentary in its suggestion of the modern-day joke that "Adam was a rough draft." The story of Genesis, which has often been seen as a justification—or reflection—of misogyny, is rewritten. Eve's role in the commission of the "original sin" is effaced; instead, she is presented as a slightly superior companion to Adam. The thematic emphasis is on the origin of misogyny rather than of sin. In refusing to blame Eve for humankind's downfall, Pardo Bazán echoes her literary hero Benito Jerónimo Feijóo, who pointed out the fallacy of this misogynistic belief in his "Defensa de las mujeres," a long essay included in his Teatro crítico universal *(1726-40). But, as Lou Charnon-Deutsch notes, "Cuento primitivo" can also be read as a response to the misogynistic "Cuento futuro," by Pardo Bazán's critic Clarín, published a year earlier (*Narratives of Desire: Nineteenth-Century Spanish Fiction by Women *[University Park: Pennsylvania State UP, 1994] 204).*

In her story, Pardo Bazán suggests a notion she elaborates in several other works: that woman's victimization is partially caused by her being brainwashed at the hands of the patriarchal culture. Having been told so often that she is inferior, a woman begins to believe it. Pardo Bazán thus challenges the prevailing discourse that posits feminine submission as biologically—and divinely—ordained.

Equally of interest is the way she encodes her revision

25

> *of Genesis. It is told not by the narrator but by the narra-*
> *tor's acquaintance, who is elaborately characterized as ec-*
> *centric, obsessive, heterodoxical, and perhaps a bit crazy.*
> *This idiosyncratic version of the Adam and Eve story, then,*
> *can hardly be attributed to Pardo Bazán herself.*

Tuve yo un amigo viejo, hombre de humor y vena, o
como diría un autor clásico, *loco de buen capricho.* Adole-
cía de cierta enfermedad ya anticuada, que fue reinante
hace cincuenta años, y consiste en una especie de tirria
sistemática contra todo lo que huele a religión, iglesia,
culto y clero; tirria manifestada en chanzonetas de sabor
más o menos volteriano, historietas picantes como guin-
dillas, argumentos materialistas infantiles de puro inocentes, y teorías burdamente carnales, opuestas de todo
en todo a la manera de sentir y obrar del que siempre
fue, después de tanto alarde de impiedad barata, persona
honradísima, de limpias costumbres y benigno corazón.

Entre los asuntos que daban pie a mi amigo para despa-
charse a su gusto, figuraba en primer término la exégesis,
o sea la interpretación (trituradora, por supuesto) de los
libros sagrados. Siempre andaba con la Biblia a vueltas, y
liado a bofetadas con el padre Scío de San Miguel. Empe-
ñábase en que no debió llamarse padre Scío, sino padre
Nescío,[1] porque habría que ponerse anteojos para ver su

---

[1] Felipe Scío de San Miguel (1738–96) was known for his biblical
scholarship and for his translation of the Bible. *Scio* is Latin for "I
know"; *nescio* means "I do not know, I am ignorant."

ciencia, y las más veces discurría a trompicones por entre los laberintos y tinieblas de unos textos tan vetustos como difíciles de explicar. Sin echar de ver que él estaba en el mismo caso que el padre Scío, y peor, pues carecía de la doctrina teológica y filológica del venerable escriturario, mi amigo se entremetía a enmendarle bizarramente la plana, diciendo peregrinos disparates que, tomados en broma, nos ayudaban a entretener las largas horas de las veladas de invierno en la aldea, mientras la lluvia empapa la tierra y gotea desprendiéndose de las peladas ramas de los árboles, y los canes aúllan medrosamente anunciando imaginarios peligros.

En una noche así, después de haber apurado el ligero ponche de leche con que espantábamos el frío, y cuando el tresillo estaba en su plenitud, mi amigo la tomó con el Génesis, y rehizo a su manera la historia de la Creación. No vaya a figurarse nadie que la rehizo en sentido darwinista; eso sería casi atenerse a la serie mosaica de los seis días, en que se asciende de lo inorgánico a lo orgánico, y de los organismos inferiores a los superiores. No; la creación, según mi amigo (que, sin duda, para estar tan en autos, había celebrado alguna conferencia con el Creador), fue de la guisa que van ustedes a ver si continúan leyendo. Yo no hago sino transcribir lo esencial de la relación, aunque no respondo de ligeras variantes en la forma.

«En el primer día crió Dios al hombre. Sí, al hombre; a Adán, hecho del barro o limo del informe planeta. Pues qué, ¿iba Dios a necesitar ensayos y pruebas y tanteos y una semana de prácticas para salir al fin y al cabo con una pata de gallo como el hombre? Ni por pienso; lo único que explica y disculpa al hombre es que brotó al calor de la improvisación, aun no bien hubo determinado el Señor condensar en forma de esfera la materia caótica.

«Y crió primero al hombre, por una razón bien sencilla. Destinándole como le destinaba a rey y señor de lo creado, le pareció a Dios muy regular que el mismo Adán manifestase de qué hechura deseaba sus señoríos y reinos. En suma, Dios, a fuer de buen Padre, quiso hacer feliz a su criatura y que pidiese por aquella bocaza.

«Apenas empezó Adán a rebullirse, dolorido aún de los pellizcos de los dedos divinos que modelaron sus formas, miró en derredor; y como las tinieblas cubrían aún la faz del abismo, Adán sintió miedo y tristeza, y quiso ver, disfrutar de la claridad esplendente. Dios pronunció el consabido *Fiat*, y apareció el glorioso sol en el firmamento, y el hombre vio, y su alma se inundó de júbilo.

«Mas al poco rato notó que lo que veía no era ni muy variado ni muy recreativo: inmensa extensión desnuda, calvos eriales en que reverberaba ardiente la luz solar, y que la devolvían en abrasadoras flechas. Adán gimió sordamente, murmurando que se achicharraba y que la tierra le parecía un páramo. Y sin tardanza suscitó Dios los vegetales, la hierba avelludada y mullida que reviste el suelo, los arbustos en flor que lo adornan y engalanan, los majestuosos árboles que vierten sobre él deleitable sombra. Como Adán notase que esta vestidura encantadora de la superficie terrestre parecía languidecer, aparecieron los vastos mares, los caudalosos ríos, las reidoras fuentecillas, y el rocío cayó hecho menudo aljófar sobre los campos. Y quejándose Adán de que tanto sol ya le ofendía la vista, el infatigable Dios, en vez de regalar a su hechura unas antiparras ahumadas, crió nada menos que la luna y las estrellas, y estableció el turno pacífico de los días y las noches.

«A todas éstas, el primer hombre ya iba encontrando habitable el Edén. Sabía cómo defenderse del calor y resguardarse del frío; el hambre y la sed se las había calmado al punto Dios, ofreciéndole puros manantiales y sazonados frutos. Podía recorrer libremente las espesuras, las selvas, los valles, los pensiles y las grutas de su mansión privilegiada. Podía coger todas las flores, gustar todas las variadísimas y golosas especies de fruta, saborear todas las aguas, recostarse en todos los lechos de césped y vivir sin cuitas ni afanes, dejando correr los días de su eterna mocedad en un mundo siempre joven. —Sin embargo, no le bastaba a Adán esta idílica bienandanza; echaba de menos alguna compañía, otros seres vivientes que animasen la extensión del Paraíso. Y Dios, siempre complaciente, se dio prisa a rodear a Adán de animales diversos: unos, graciosos, tiernos, halagüeños y domésticos, como la paloma y la tórtola; otros, familiares, juguetones y traviesos, como el mono y el gato, otros, leales y fieles, como el perro, y otros, como el león, bellos y terribles en su aspecto, aunque para Adán todos eran mansos y humildes, y los mismos tigres le lamían la mano. No queriendo Dios que Adán pudiese volver a lamentarse de que le faltaba acompañamiento de seres vivos, los crió a millones, multiplicando organismos, desde los menudísimos infusorios suspensos en el aire y en el agua, hasta el monstruoso megaterio emboscado en las selvas profundas. Quiso que Adán encontrase la vida por doquiera, la vida enérgica y ardorosa, que sin cesar se renueva y se comunica, y que no se agota nunca, adaptándose a las condiciones del medio ambiente y aprovechando la menor chispa de fuego para reanimar su encendido foco.

«Al principio le divirtieron a Adán los avechuchos, y jugueteó con ellos como un niño. No obstante, pasado algún tiempo, notó que iba cansándose de los seres inferiores, como se había cansado del sol, de la luna, de los mares y de las plantas. Si el sol todos los días aparece y se oculta de idéntico modo, los bichos repiten constantemente iguales gracias, iguales acciones y movimientos, previstos de antemano, según su especie. El mono es siempre imitador y muequero; el potro, brincador y gallardo; el perro, vigilante y adicto; el ruiseñor, ni por casualidad varía sus sonatas; el gato, ya es sabido que se pasa el muy posma las horas muertas haciendo *ron, ron*. Y Adán se despertó cierta mañana pensando que la vida era bien estúpida y el Paraíso una secatura.

«Como Dios todo lo cala, en seguida caló que Adán se aburría por diez; y llamándole a capítulo, le increpó severamente. ¿Qué le faltaba al señorito? ¿No tenía todo cuanto podía apetecer? ¿No disfrutaba en el Edén de una paz soberana y una ventura envidiable? ¿No le obedecía la creación entera? ¿No estaba hecho un archipámpano?

«Adán confesó con noble franqueza que precisamente aquella calma, aquella seguridad, eran las que le tenían ahíto, y que anhelaba un poco de imprevisto, alguna emoción, aunque la pagase al precio de su soñoliento reposo y amodorrada placidez.

«Entonces Dios, mirándole con cierta lástima, se le acercó, y sutilmente le fue sacando, no una costilla, como dice el vulgo, sino unas miajitas del cerebro, unos pedacillos del corazón, unos haces de nervios, unos fragmentos de hueso, unas onzas de sangre..., en fin, algo de toda su sustancia; y como Dios, puesto a escoger, no iba a optar por lo más ruin, claro que tomó lo mejorcito, lo delicado y selecto, como si dijéramos, la flor del varón, para constituir y amasar a la hembra. De suerte que al ser Eva criada, Adán quedó inferior a lo que era antes, y perjudicado, digámoslo así, en tercio y quinto.

«Por su parte, Dios, sabiendo que tenía entre manos lo más exquisito de la organización del hombre, se esmeró en darle figura y en modelarlo primorosamente. No se atrevió a apretar tanto los dedos como cuando plasmaba al varón; y de la caricia suave y halagadora de sus palmas, proceden esas curvas muelles y esos contornos ondulosos y elegantes que tanto contrastan con la rigidez y aspereza de las líneas masculinas.

«Acabadita Eva, Dios la tomó de la mano y se la presentó a Adán, que se quedó embobado, atónito, creyendo hallarse en presencia de un ser celestial, de un luminoso querubín. Y en esta creencia siguió por algunos días, sin cansarse de mirar, remirar, admirar, ensalzar e incesar a la preciosa criatura. Por más que Eva juraba y perjuraba que era hecha del mismo barro que él, Adan no lo creía; Adán juraba a su vez que Eva procedía de otras regiones, de los azules espacios por donde giran las estrellas, del éter purísimo que envuelve el disco del sol, o más bien del piélago de lumbre en que flotan los espíritus ante el trono del Eterno. Créese que por entonces compuso Adán el primer soneto que ha sido en el mundo.

«Duró esta situación hasta que Adán, sin necesidad de

ninguna insinuación de la serpiente traicionera, vino en antojo vehementísimo de comerse una manzana que custodiaba Eva con gran cuidado. Yo sé de fijo que Eva la defendió mucho, y no la entregó a dos por tres; y este pasaje de la Escritura es de los más tergiversados. En suma, a pesar de la defensa, Adán venció como más fuerte, y se engulló la manzana. Apenas cayeron en su estómago los mal mascados pedazos del fruto de perdición, cuando..., ¡oh cambio asombroso! ¡oh inconcebible versatilidad! en vez de tener a Eva por serafín, la tuvo por demonio o fiera bruta; en vez de creerla limpia y sin mácula, la juzgó sentina de todas las impurezas y maldades; en vez de atribuirle su dicha y su arrobamiento, le echó la culpa de su desazón, de sus dolores, hasta del destierro que Dios les impuso, y de su eterna peregrinación por sendas de abrojos y espinas.

«El caso es que, a fuerza de oírlo, también Eva llegó a creerlo; se reconoció culpada, y perdió la memoria de su origen, no atreviéndose ya a afirmar que era de la misma sustancia que el hombre, ni mejor ni peor, sino un poco más fina. Y el mito genesíaco se reproduce en la vida de cada Eva: antes de la manzana, el Adán respectivo la eleva un altar y la adora en él; despúes de la manzana, la quita del altar y la lleva al pesebre o al basurero...

«Y, sin embargo —añadió mi amigo por vía de moraleja, tras de apurar otro vaso del inofensivo ponche—, como Eva está formada de la más íntima sustancia de Adán, Adán, hablando pestes de Eva, va tras Eva como la soga tras el caldero, y sólo deja de ir cuando se le acaba la respiración y se le enfría el cielo de la boca. En realidad, sus aspiraciones se han cumplido: desde que Dios le trajo a Eva, el hombre no ha vuelto a aburrirse, ni a disfrutar la calma y descuido del Paraíso; y desterrado de tan apetecible mansión, sólo logra entreverla un instante en el fondo de las pupilas de Eva, donde se conserva un reflejo de su imagen.

MI SUICIDIO

Pardo Bazán dedicated "Mi suicidio" to the post-Romantic poet Ramón de Campoamor (1817-1901). In the preface to Cuentos de amor *(6-7), she explains that it was Campoamor who first suggested the story to her. But the connection with Campoamor does not end there; the style of this story duplicates, in a way that could be read as parody, the poet's "oscillation between impersonal observation and cloying sentimentality" (D. L. Shaw,* A Literary History of Spain: The Nineteenth Century *[New York: Barnes, 1972] 66). The same oscillation is reflected in the shifts in point of view between the deluded narrator-protagonist and the disenchanted narrator. As in "Sor Aparición," Pardo Bazán engages in an oblique attack on Romanticism's and post-Romanticism's emblemizing of woman as embodiment of sin and object of desire.*

Muerta *ella,* tendida, inerte, en el horrible ataúd de barnizada caoba que aún me parecía ver con sus doradas molduras de antipático brillo, ¿qué me restaba en el mundo ya? En ella cifraba yo mi luz, mi regocijo, mi ilusión, mi delicia toda..., y desaparecer así, de súbito, arrebatada en la flor de su juventud y de su seductora belleza, era tanto como decirme con melodiosa voz, la voz mágica, la voz que vibraba en mi interior produciendo acordes divinos: «Pues me amas, sígueme.»

¡Seguirla! Sí; era la única resolución digna de mi cariño, a la altura de mi dolor, y el remedio para el eterno abandono a que me condenaba la adorada criatura huyendo a lejanas regiones.

Seguirla, reunirme con ella, sorprenderla en la otra orilla del río fúnebre... y estrecharla delirante, exclamando: «Aquí estoy. ¿Creías que viviría sin ti? Mira cómo he sabido buscarte y encontrarte y evitar que de hoy más nos separe poder alguno de la tierra ni del cielo.»

Determinado a realizar mi propósito, quise verificarlo en aquel mismo aposento donde se deslizaron insensiblemente tantas horas de ventura, medidas por el suave ritmo de nuestros corazones... Al entrar olvidé la desgracia, y parecióme que *ella,* viva y sonriente, acudía como otras veces a mi encuentro, levantando la cortina para verme más pronto, y dejando irradiar en sus pupilas la bienvenida, y en sus mejillas el arrebol de la felicidad.

Allí estaba el amplio sofá donde nos sentábamos tan juntos como si fuese estrechísimo; allí la chimenea hacia cuya llama tendía los piececitos, y a la cual yo, envidioso, los disputaba abrigándolos con mis manos, donde cabían holgadamente; allí la butaca donde se aislaba, en los cortos instantes de enfado pueril que duplicaban el precio de las reconciliaciones; allí la gorgona de irisado vidrio de Salviati, con las últimas flores, ya secas y pálidas, que su mano había dispuesto artísticamente para festejar mi presencia... Y allí, por último, como maravillosa resurrección del pasado, inmortalizando su adorable forma, ella, ella misma... es decir, su retrato, su gran retrato de cuerpo entero, obra maestra de célebre artista, que la representaba sentada, vistiendo uno de mis trajes preferidos, la sencilla y airosa funda de blanca seda que la envolvía en una nube de espuma. Y era su actitud familiar, y eran sus ojos verdes y lumínicos que me fascinaban, y era su boca entreabierta, como para exclamar, entre halago y reprensión, el «¡qué tarde vienes!» de la impaciencia cariñosa; y eran sus brazos redondos, que se ceñían a mi cuello como la ola al tronco del náufrago, y era, en suma, el fidelísimo trasunto de los rasgos y colores, al través de los cuales me había cautivado un alma; imagen encantadora que significaba para mí lo mejor de la existencia... Allí, ante todo cuanto me hablaba de ella y me recordaba nuestra unión; allí, al pie del querido retrato, arrodillándome en el sofá, debía yo apretar el gatillo de la pistola inglesa de dos cañones —que lleva en su seno el remedio de todos los males y el pasaje para arribar al puerto donde *ella* me aguardaba...—. Así no se borraría de mis ojos ni un segundo su efigie: los cerraría mirándola, y volvería a abrirlos, viéndola no ya en pintura, sino en espíritu...

La tarde caía; y como deseaba contemplar a mi sabor el retrato, al apoyar en la sien el cañón de la pistola, encendí la lámpara y todas las bujías de los candelabros. Uno de tres brazos había sobre el *secrétaire* de palo de rosa con incrustaciones, y al acercar al pábilo el fósforo, se me ocurrió que allí dentro estarían mis cartas, mi retrato, los recuerdos de nuestra dilatada e íntima historia. Un vivaz deseo de releer aquellas páginas me impulsó a abrir el mueble.

Es de advertir que yo no poseía cartas de ella: las que recibía devolvíalas una vez leídas, por precaución, por respeto, por caballerosidad. Pensé que acaso ella no había tenido valor para destruirlas, y que de los cajoncitos del *secrétaire* volvería a alzarse su voz insinuante y adorada, repitiendo las dulces frases que no habían tenido tiempo de grabarse en mi memoria. No vacilé —¿vacila el que va a morir?— en descerrajar con violencia el primoroso mueblecillo. Saltó en astillas la cubierta y metí la mano febrilmente en los cajoncitos, revolviéndolos ansioso.

Sólo en uno había cartas. Los demás los llenaban cintas, joyas, dijecillos, abanicos y pañuelos perfumados. El paquete, envuelto en un trozo de rica seda brochada, lo tomé muy despacio, lo palpé como se palpa la cabeza del ser querido antes de depositar en ella un beso, y acercándome a la luz, me dispuse a leer. Era letra de ella: eran sus queridas cartas. Y mi corazón agradecía a la muerta el delicado refinamiento de haberlas guardado allí, como testimonio de su pasión, como codicilo en que me legaba su ternura.

Desaté, desdoblé, empecé a deletrear... Al pronto creía recordar las candentes frases, las apasionadas protestas y hasta las alusiones a detalles íntimos, de ésos que sólo pueden conocer dos personas en el mundo. Sin embargo, a la segunda carilla un indefinible malestar, un terror vago, cruzaron por mi imaginación como cruza la bala por el aire antes de herir. Rechacé la idea; la maldije; pero volvió, volvió..., y volvió apoyada en los párrafos de la carilla tercera, donde ya hormigueaban rasgos y pormenores imposibles de referir a mi persona y la historia de mi amor... A la cuarta carilla, ni sombra de duda pudo quedarme: la carta se había escrito a otro, y recordaba otros días, otras horas, otros sucesos, para mí desconocidos...

Repasé el resto del paquete; recorrí las cartas una por una, pues todavía la esperanza terca me convidaba a asirme de un clavo ardiendo... Quizá las demás cartas eran las mías, y sólo aquélla se había deslizado en el grupo, como aislado memento de una historia vieja y relegada al olvido... Pero al examinar los papeles, al descifrar, frotándome los ojos, un párrafo aquí y otro acullá, hube de convencerme: ninguna de las epístolas que contenía el paquete había sido dirigida a mí... Las que yo recibí y restituí con religiosidad, probablemente se encontraban incorporadas a la ceniza de la chimenea; y las que, como un tesoro, *ella* había conservado siempre, en el oculto rincón del *secrétaire,* en el aposento testigo de nuestra ventura..., señalaban, tan exactamente como la brújula señala el Norte, la dirección verdadera del corazón que yo juzgara orientado hacia el mío... ¡Más dolor, más infamia! De los terribles párrafos, de las páginas surcadas por rengloncitos de una letra que yo hubiese reconocido entre todas las del mundo, saqué en limpio que *tal vez...,* al *mismo tiempo...,* o *muy poco antes...* Y una voz irónica gritábame al oído: «¡Ahora sí..., ahora sí que debes suicidarte, desdichado!»

Lágrimas de rabia escaldaron mis pupilas; me coloqué, según había resuelto, frente al retrato; empuñé la pistola, alcé el cañón... y, apuntando fríamente, sin prisa, sin que me temblase el pulso..., con los dos tiros..., reventé los dos verdes y lumínicos ojos, que me fascinaban.

SOR APARICIÓN

"Sor Aparición" is a particularly rich text, inviting commentary on a wide variety of issues that range from the cultural processes of literary canon formation to the confirmation of male subjectivity through sexual conquest. The narrative structure plays very subtly with the question of "masculine" and "feminine" perspective: only at the end of the story, in the gender of the adjective admirada, *do we discover that the speaker is female.*

In her preface to Cuentos de amor, *the author mentions that this story is based on a real-life joke played by one of the nation's greatest Romantic poets. The story is thick with clues that identify the poet as José de Espronceda. For example, the village of A*** could refer to Almendralejo, where the poet was baptized; the reference to Badajoz as the provincial capital makes this almost certain. The fictional Camargo's work* Arcángel maldito *suggests one of Espronceda's most famous poems,* El diablo mundo, *and evokes a common Esproncedian image for woman, that of the fallen angel. Another celebrated poem by Espronceda,* El estudiante de Salamanca, *is cleverly echoed in the fact that when Camargo first notices Irene, he has returned from his studies in Salamanca. But the most obvious indication that Camargo is Espronceda is the similarity in their public personae, for Espronceda, like Camargo, was at least as famous for his prolific sexual adventures and his subversive political activities as he was for his poetry.*

41

Pardo Bazán's remarks on her story lend particular insight not only to the interpretation of the story but also to the relation between realism and reality, to the author's relationship with her public, and to the critical dispositions of her contemporaries: "De 'Sor Aparición' se espantó mucha gente. Releo el cuento despacio y no puedo explicarme tal horror, sino por la crueldad de lo real que palpita en él. . . . Tantos años de mortificación y de lágrimas la impuse, que deben bastar para sosiego del más asombradizo. La verdad estricta es que ignoro el paradero de la víctima de esa broma infame, dada por uno de nuestros mayores poetas románticos" (10-11).

Aparición commonly means "vision," as in a miraculous vision of the Virgin. But it also translates as "apparition" or "ghost." The name reinforces the importance of the gaze in this story.

En el convento de las Clarisas de S***, al través de la doble reja baja, vi a una monja postrada, adorando. Estaba de frente al altar mayor, pero tenía el rostro pegado al suelo, los brazos extendidos en cruz y guardaba inmovilidad absoluta. No parecía más viva que los yacentes bultos de una reina y una infanta, cuyos mausoleos de alabastro adornaban el coro. De pronto, la monja prosternada se incorporó, sin duda para respirar, y pude distinguir sus facciones. Se notaba que había debido de ser muy hermosa en sus juventudes, como se conoce que unos paredones derruidos fueron palacios espléndidos. Lo mismo podría contar la monja ochenta años que noventa. Su cara, de una amarillez sepulcral, su temblorosa cabeza, su boca consumida, sus cejas blancas, revelaban ese grado sumo de la senectud en que hasta es insensible el paso del tiempo.

Lo singular de aquella cara espectral, que ya pertenecía al otro mundo, eran los ojos. Desafiando a la edad, conservaban, por caso extraño, su fuego, su intenso negror, y una violenta expresión apasionada y dramática. La mirada de tales ojos no podía olvidarse nunca. Semejantes ojos volcánicos serían inexplicables en monja que hubiese ingresado en el claustro ofreciendo a Dios un corazón inocente; delataban un pasado borrascoso; despedían la luz siniestra de algún terrible recuerdo. Sentí ardiente curiosidad, sin esperar que la suerte me deparase a alguien conocedor del secreto de la religiosa.

Sirvióme la casualidad a medida del deseo. La misma noche, en la mesa redonda de la posada, trabé conversación con un caballero machucho, muy comunicativo y más que medianamente perspicaz, de ésos que gozan cuando enteran a un forastero. Halagado por mi interés, me abrió de par en par el archivo de su feliz memoria. Apenas nombré el convento de las Claras e indiqué la especial impresión que me causaba el mirar de la monja, mi guía exclamó:

—¡Ah! ¡Sor Aparición! Ya lo creo, ya lo creo... Tiene un «no sé qué» en los ojos... Lleva escrita allí su historia. Donde usted la ve, los dos surcos de las mejillas que de cerca parecen canales, se los han abierto las lágrimas.

¡Llorar más de cuarenta años! Ya corre agua salada en tantos días... El caso es que el agua no le ha apagado las brasas de la mirada... ¡Pobre sor Aparición! Le puedo descubrir a usted el *quid* de su vida mejor que nadie, porque mi padre la conoció moza y hasta creo que la hizo unas miajas el amor...¡Es que era una deidad!

Sor Aparición se llamó en el siglo Irene. Sus padres eran gente hidalga, ricachos de pueblo; tuvieron varios retoños, pero los perdieron, y concentraron en Irene el cariño y el mimo de hija única. El pueblo donde nació se llama A***. Y el Destino, que con las sábanas de la cuna empieza a tejer la cuerda que ha de ahorcarnos, hizo que en ese mismo pueblo viese la luz, algunos años antes que Irene, el famosa poeta...

Lancé una exclamación y pronuncié, adelantándome al narrador, el glorioso nombre del autor del *Arcángel maldito* —tal vez el más genuino representante de la fiebre romántica—; nombre que lleva en sus sílabas un eco de arrogancia desdeñosa, de mofador desdén, de acerba ironía y de nostalgia desesperada y blasfemadora. Aquel nombre y el mirar de la religiosa se confundieron en mi imaginación, sin que todavía el uno me diese la clave del otro, pero anunciando ya, al aparecer unidos, un drama del corazón de ésos que chorrean viva sangre.

—El mismo —repitió mi interlocutor—, el ilustre Juan de Camargo, orgullo del pueblecito de A***, que ni tiene aguas minerales, ni santo milagroso, ni catedral, ni lápidas romanas, ni nada notable que enseñar a los que lo visitan, pero repite, envanecido: «En esta casa de la plaza nació Camargo.»

—Vamos— interrumpí, ya comprendo; sor Aparición..., digo, Irene, se enamoró de Camargo, él la desdeñó, y ella, para olvidar, entró en el claustro...

—¡Chsss!— exclamó el narrador, sonriendo—. ¡Espere usted, espere usted, que si no fuese más! De eso se ve todos los días; ni valdría la pena de contarlo. No; el caso de sor Aparición tiene miga. Paciencia, que ya llegaremos al fin.

De niña, Irene había visto mil veces a Juan Camargo, sin hablarle nunca, porque él era ya mozo y muy huraño y retraído: ni con los demás chicos del pueblo se juntaba. Al romper Irene su capullo, Camargo, huérfano, ya estudiaba leyes en Salamanca, y sólo venía a casa de su tutor durante las vacaciones. Un verano, al entrar en A***, el estudiante levantó por casualidad los ojos hacia la ventana de Irene y reparó en la muchacha, que fijaba en él los suyos... unos ojos de date preso, dos soles negros, porque ya ve usted lo que son todavía ahora. Refrenó Camargo el caballejo de alquiler, para recrearse en aquella soberana hermosura; Irene era un asombro de guapa. Pero la muchacha, encendida como una amapola, se quitó de la ventana, cerrándola de golpe. Aquella misma noche, Camargo, que ya empezaba a publicar versos en periodiquillos, escribió unos, preciosos, pintando el efecto que le había producido la vista de Irene en el momento de llegar a su pueblo... Y envolviendo en los versos una piedra, al anochecer la disparó contra la ventana de Irene. Rompióse el vidrio, y la muchacha recogió el papel y leyó los versos, no una vez, ciento, mil; los bebió, se empapó en ellos. Sin embargo, aquellos versos, que no figuran en la colección de las poesías de Camargo, no eran declaraciones amorosas, sino algo raro, mezcla de queja e imprecación. El poeta se dolía de que la pureza y la hermosura de la niña de la ventana no se hubiesen hecho para él, que era un réprobo. Si él se acercase, marchitaría aquella azucena... Después del episodio de los versos, Camargo no dio señales de acordarse de que existía Irene en el mundo, y en octubre se dirigió a Madrid. Empezaba el período agitado de su vida, las aventuras políticas y la actividad literaria.

Desde que Camargo se marchó, Irene se puso triste, llegando a enfermar de pasión de ánimo. Sus padres intentaron distraerla; la llevaron algún tiempo a Badajoz, le hicieron conocer jóvenes, asistir a bailes; tuvo adoradores, oyó lisonjas...; pero no mejoró de humor ni de salud.

No podía pensar sino en Camargo, a quien era aplicable lo que dice Byron de Lara.[1] Que los que le veían no le veían en vano; que su recuerdo acudía siempre a la memoria; pues hombres tales lanzan un reto al desdén y al olvido. No creía la misma Irene hallarse enamorada, juzgábase sólo víctima de un maleficio, emanado de aquellos versos tan sombríos, tan extraños. Lo cierto es que Irene tenía eso que ahora llaman obsesión, y a todas horas veía «aparecerse» a Camargo, pálido, serio, el rizado pelo sombreando la pensativa frente... Los padres de Irene, al observar que su hija se moría minada por un padecimiento misterioso, decidieron llevarle a la corte, donde hay grandes médicos para consultar y también grandes distracciones.

Cuando Irene llegó a Madrid, era célebre Camargo. Sus versos, fogosos, altaneros, de sentimiento fuerte y nervioso, hacían escuela; sus aventuras y genialidades se comentaban. Asociada con él una pandilla de perdidos, de bohemios desenfadados e ingeniosos, cada noche inventaban nuevas diabluras, y turbaban el sueño de los honrados vecinos, ya realizaban las orgiásticas proezas a que aluden ciertas poesías blasfemas y obscenas, que algunos críticos aseguran que no son de Camargo en realidad. Con las borracheras y el libertinaje alternaban las sesiones en las logias masónicas y en los comités;

---

[1] Lara, the eponymous protagonist of Byron's poem, is a misanthrope.

47

Camargo se preparaba ya la senda de la emigración. No estaba enterada de todo esto la provinciana y cándida familia de Irene; y como se encontrasen en la calle al poeta, le saludaron alegres, que al fin era «de allá».

Camargo, sorprendido otra vez de la hermosura de la joven, notando que al verle se teñían de púrpura las descoloridas mejillas de una niña tan preciosa, los acompañó, y prometió visitar a sus convecinos. Quedaron lisonjeados los pobres lugareños, y creció su satisfacción al notar que de allí a pocos días, habiendo cumplido Camargo su promesa, Irene revivía. Desconocedores de la crónica, les parecía Camargo un yerno posible, y consintieron que menudeasen las visitas.

Veo en su cara de usted que cree adivinar el desenlace... ¡No lo adivina! Irene, fascinada, trastornada, como si hubiese bebido zumo de hierbas, tardó, sin embargo, seis meses en acceder a una entrevista a solas, en la misma casa de Camargo. La honesta resistencia de la niña fue causa de que los perdidos amigotes del poeta se burlasen de él, y el orgullo, que es la raíz venenosa de ciertos romanticismos, como el de Byron y el de Camargo, inspiró a éste una apuesta, un desquite satánico, infernal. Pidió, rogó, se alejó, volvió, dio celos, fingió planes de suicidio, e hizo tanto, que Irene, atropellando por todo, consintió en acudir a la peligrosa cita. Gracias a un milagro de valor y de decoro salió de ella pura y sin mancha, y Camargo sufrió una chacota que le enloqueció de despecho.

A la segunda cita se agotaron las fuerzas de Irene; se oscureció su razón y fue vencida. Y cuando confusa y trémula, yacía, cerrando los párpados, en brazos del infame, éste exhaló una estrepitosa carcajada, descorrió unas cortinas, e Irene vio que la devoraban los impuros ojos de ocho o diez hombres jóvenes, que también reían y palmoteaban irónicamente.

Irene se incorporó, dio un salto, y sin cubrirse, con el pelo suelto y los hombros desnudos, se lanzó a la escalera y a la calle. Llegó a su morada seguida de una turba de pilluelos que la arrojaban barro y piedras. Jamás consintió decir de dónde venía ni qué le había sucedido. —Mi padre lo averiguó porque casualmente era amigo de uno de los de la apuesta de Camargo—. Irene sufrió una fiebre de septenarios en que estuvo desahuciada; así que convaleció, entró en este convento, lo más lejos posible de A***. Su penitencia ha espantado a las monjas: ayunos increíbles, mezclar el pan con ceniza, pasarse tres días sin beber; las noches de invierno, descalza y de rodillas, en oración: disciplinarse, llevar una argolla al cuello, una corona de espinas bajo la toca, un rallo a la cintura...

Lo que más edificó a sus compañeras que la tienen por santa fue el continuo llorar. Cuentan —pero serán consejas— que una vez llenó de llanto la escudilla del agua.

¡Y quién le dice a usted que de repente se le quedan los ojos secos, sin una lágrima, y brillando de ese modo que ha notado usted! Esto aconteció más de veinte años hace; las gentes piadosas creen que fue la señal del perdón de Dios. No obstante, sor Aparición, sin duda, no se cree perdonada, porque, hecha una momia, sigue ayunando y postrándose y usando el cilicio de cerda...

—Es que hará penitencia por dos —respondí, admirada de que en este punto fallase la penetración de mi cronista—. ¿Piensa usted que sor Aparición no se acuerda del alma infeliz de Camargo?

MEMENTO

"Memento" deals with a topic that is still largely considered taboo in contemporary Western culture: sexual desire in older women. The shocking effect of the story is softened by the use of a male narrator who expresses the repugnance Pardo Bazán may have expected her readers to feel. As in the earlier "Primer amor," the male speaker shows an asexualization of and disgust toward the aging female body. Pardo Bazán's decision to employ a male narrator renders her treatment of the older woman ambivalent, raising many questions about the author's position. His name, Gabriel, allies him with Gabriel Pardo de la Lage, a character who appears frequently in Pardo Bazán's fiction, not only in her short stories but also in the novels Los pazos de Ulloa, La Madre Naturaleza, *and* Insolación. *In these texts as well, the question of the relation between the character's and the author's beliefs is complex.*

El recuerdo más vivaz de mis tiempos estudiantiles —dijo el doctor sonriendo a la evocación— no es el de varios amorcillos y lances parecidos a los que puede contar todo el mundo, ni el de ciertas mejillas bonitas cuyas rosas embalsamaron mis sueños. Lo que no olvido, lo que a cada paso veo con mayor relieve, es... la tertulia de mi tía Gabriela, doncella machucha, a quien acompañaban todas las tardes otras tres viejas apolilladas, igualmente aspirantes a la palma sobre el ataúd.[1]

Reuníanse las cuatro, según he dicho, por la tarde, pues de noche las cohibían miedos, achaques y devociones, en el gabinetito, desde cuyas ventanas se divisaban los ricos ajimeces góticos y los altos muros de la Catedral; y yo solía abandonar el paseo, a tal hora lleno de muchachas deseosas de escuchar piropos, para encerrarme entre aquellas cuatro paredes vestidas de un papel rameado que fue verde y ya era blancuzco, sentarme en la butaca de fatigados muelles, anchota y blandufa, al cabo también anciana, y recibir de una mano diminuta, seca, cubierta por la rejilla de un mitón negro, palmadita suave en el hombro, mientras una cascada voz murmuraba:

—Hola, ¿ya viniste, calamidad? Hoy se muere de gozo Candidita.

De las solteronas, Candidita era la más joven, pues no había cumplido los sesenta y tres. Según las crónicas de los remotos días en que Candidita lozaneaba, jamás descolló por su belleza.

Siempre tuvo el ojo izquierdo algo caído y las espaldas encorvadas en demasía. Lo que en ella pudo agradar fue su seráfica condición. Poseía Candidita en relación con su nombre de pila, alta dosis de credulidad y buena fe.

---

[1] The palm frond was traditionally placed on the coffins of virgins.

Cuanta paparrucha inverosímil se me antojase inventar, la tragaba Candidita sin esfuerzo; en cambio, no había quién la convenciese de la realidad de picardía ninguna. Su alma rechazaba la maledicencia como se rechaza un elemento extraño, de imposible asimilación. Yo me divertía infinito disputando con Candidita cuando se negaba a dar crédito a maldades notorias..., y al hacerlo sentía germinar en mi corazón una especie de ternura, un misterioso respeto por la inocente, que sin quitarse su traje de merino negro y sus zapatos de oreja, subiría al cielo al momento menos pensado.

Mi tía Gabriela, en cambio, era sagaz, lista como una pimienta. Su vida retirada, en una soñolienta ciudad de provincia, la impedía conocer a fondo el mundo, y acaso exageraba las trastadas y gatuperios que en él se cometen, pero acercándose a la realidad y juzgando mil veces con maligno acierto. Preciada de su linaje, con pergaminos y sin talegas, la tía Gabriela era una señora a la vez modesta e imponente, chapada a la antigua, de alma más enhiesta que un lanzón; las otras tres solteronas parecían sus damas de honor, antes que sus amigas.

Doña Aparición era la curiosidad de aquel museo arqueológico. Hermosa y mundana en sus verdores, conservaba, a los setenta y seis, golpes de coquetería y manías de adorno que hacían fruncir los labios a mi tía Gabriela, tan majestuosa con su liso hábito del Carmen.

El peluquín de doña Aparición, con bucles y sortijillas de un rubio angelical; su calzado estrecho; sus guantes claros de ocho botones; sus trajes de seda a rayas verde y rosa; sus abanicos de gasa azul y el grupo de flores artificiales que prendía graciosamente su mantilla, nos daban harto que reír.

Como estaba semiciega y casi sorda, y la vestía su fámula, a lo mejor traía la peluca del revés, o en la nariz el toque de carmín de las mejillas o los guantes uno lila y otro pajizo; y como padecía de gota, el cepo de las botitas prietas llegaba a mortificarla tanto, que mi tía le prestaba unas holgadas pantuflas. En caso tal exclamaba infaliblemente doña Aparición: ¡«Jesús! Nunca me pasó cosa igual. Un pliegue de la media me desolló el talón... Es un fastidio tener tan fino el cutis.»

No sería doña Peregrina, la cuarta solterona, la que se impusiese torturas para presumir de pie. Al contrario: se declaraba *sans façon*. Reducida a mezquina orfandad, compraba en los ropavejeros sus manteletas color de ala de mosca. Por lo demás, era mujer de empuje y brío, alta, gruesa, de una frescura rancia —si es lícito expresarse así—, viva de ojos y arrebatada de color, amiga de la broma, pero gazmoña a ratos, siempre dentro de la nota del buen humor y la marcialidad.

¡Cómo me festejaban aquellas cuatro señoras! Hay sitios adonde vamos atraídos, no por nuestro gusto, sino por el que damos a los demás. Diez años haría tal vez que las solteronas no veían de cerca un semblante juvenil. Mi presencia y mi asiduidad eran un rasgo de galantería de incalculable precio, que halagaba la nunca extinguida vanidad sentimental de la mujer. El mozo que quiera ganar buen nombre, sea amable con las viejecitas, con las desechadas, con las retiradas del juego. Las muchachas nada agradecen. Aquellas cuatro inválidas, con su manso charloteo, me crearon una reputación fabulosa de discreto, de galán, de simpático, de estudioso. A su manera, me allanaban el camino de una lucida posición y de una boda brillante. En los exámenes yo podía contestar mal o bien, que segura tenía la nota: tal labor subterránea hacían mis solteronas con los catedráticos. En mi salud no cesaban de pensar. «Vienes descolorido, Gabriel... ¿Qué tienes? ¡Ojo con las bribonas!» Y me enviaban remedios caseros, y piperetes y vinos cordiales, y reliquias milagrosas, y hasta sábanas, por si las de la posada no eran «de confianza» y «bien lavaditas».

A fin de animar la tertulia, se me ocurrió leer en alto versos y novelas románticas. Auditorio semejante no lo ha soñado ningún lector. Diríase que, para escuchar, hasta la respiración suspendían. Según avanzaba la lectura, crecía el interés. Una indignación, cómica a fuerza de ser ingenua, contra los traidores; un terror vivísimo cuando los buenos iban a caer en las emboscadas de los malos;

un gozo pueril cuando la virtud salía triunfante... Las exclamaciones me interrumpían. «Ese pillo ¿se equivoca y toma el veneno? ¡Castigo de Dios!» «¡Ay, que si Gontrán entra en el bosque, encuentra al otro con el puñal! ¡Que no entre, que no entre!» «Jesús; ¡al fin le da la puñalada!» «¡Infame!» «¿Ve usted cómo el niño que robó el titiritero era hijo de una princesa?» etcétera. En los episodios vehementes, cuando los amantes se dicen ternezas al claror de la luna, las solteronas se deshacían. Un leve sonrosado animaba las mejillas amarillentas; se humedecían los áridos ojos; los encogidos pechos anhelaban; aparecíase el bello fantasma de la lejana juventud, y un aura dulce y tibia agitaba un momento aquellos espíritus resignados, como el aire primaveral agita el polvo de una tierra seca y estéril.

Llegó el plazo en que yo tenía que emprender mi viaje a la corte, para cursar el doctorado. Di la noticia a mis solteronas, y aunque no podía sorprenderlas, no fue menor el efecto que produjo. Mi tía Gabriela, sin perder el compás de la dignidad, se puso temblona y me advirtió, en frases que revelaban verdadera ternura, que era preciso excusar a los viejos si se afectaban en las despedidas, porque no estaban seguros de volver a ver a los que partían. Doña Peregrina manoteó, protestó, bufó, me insultó, y al fin se echó a llorar como una fuente. Doña Aparición suspiró, alzó la vista al cielo y dijo, haciendo monerías:

«Un joven de estas prendas..., naturalmente, ¡va a lucir en la corte! Mañana recibirá usted un alfiler de esmeraldas..., que fue de mi papá.» Por su parte, Candidita guardó silencio, y a poco se levantó, asegurando que tenía que hacer una visita urgente. Aproveché el pretexto para abreviar la escena; salí con ella, la ayudé a ponerse el mantón y le ofrecí el brazo por la escalera de peldaños carcomidos.

De repente, en el primer descanso, escuché un ahogado sollozo; unos brazos endebles me rodearon el cuello y una cara fría como la nieve se pegó a mis barbas. Comprendí de súbito..., y, créanlo ustedes, ¡me quedé más volado y más compadecido que si viese a mi propia madre de rodillas ante mí! Noté que Candidita pesaba como pesan los cuerpos inertes; la supuse desmayada y la arrimé al balaustre, tartamudeando lleno de piedad: «Adiós, adiós; ya sabe que se la quiere.» Mas como no me soltaba, me encontré ridículo y la rechacé... Al hacerlo, me pareció que estaba degollando a una ovejuela enferma, y la lástima me obligó a volver atrás y corresponder al abrazo de Candidita con una caricia rápida y violenta, amorosa en el aspecto, filial y santa en la intención. Después eché a correr, y salí a la calle resuelto a no volver por la tertulia... ¡Ah, eso sí! La caridad tiene sus límites...

Y ahora, que también soy viejo yo, suelo acordarme de Candidita... ¡Pobre mujer!

EL ENCAJE ROTO

"El encaje roto" is one of several stories in which Pardo Bazán explores the notion that a seemingly insignificant action or even a small gesture can provide us with sudden insight into a person's character. A generation after Pardo Bazán, modernist short story writers would extensively employ epiphany as an important structuring device in terms of both plot and theme. Here, an epiphany leads the protagonist to break off her engagement at the last possible moment. Such elements as the choice of the image of torn lace for the story's title and the presentation of the protagonist's narration as a confidence between women convey an explicitly feminine sensibility. By contrast, "La punta del cigarro," published seventeen years later, presents a male protagonist who consciously experiments with the same notion of the "significant insignificant."

Convidada a la boda de Micaelita Aránguiz con Bernardo de Meneses, y no habiendo podido asistir, grande fue mi sorpresa cuando supe al día siguiente —la ceremonia debía verificarse a las diez de la noche en casa de la novia— que ésta, al pie mismo del altar, al preguntarle el Obispo de San Juan de Acre si recibía a Bernardo por esposo, soltó un «no» claro y enérgico; y como reiterada con extrañeza la pregunta, se repitiese la negativa, el novio, después de arrostrar un cuarto de hora la situación más ridícula del mundo, tuvo que retirarse, deshaciéndose la reunión y el enlace a la vez.

No son inauditos casos tales, y solemos leerlos en los periódicos; pero ocurren entre gente de clase humilde, de muy modesto estado, en esferas donde las conveniencias sociales no embarazan la manifestación franca y espontánea del sentimiento y de la voluntad.

Lo peculiar de la escena provocada por Micaelita era el medio ambiente en que se desarrolló. Parecíame ver el cuadro, y no podía consolarme de no haberlo contemplado por mis propios ojos. Figurábame el salón atestado, la escogida concurrencia, las señoras vestidas de seda y terciopelo, con collares de pedrería; al brazo la mantilla blanca para tocársela en el momento de la ceremonia; los hombres, con resplandecientes placas o luciendo veneras de Ordenes militares en el delantero del frac; la madre de la novia, ricamente prendida, atareada, solícita, de grupo en grupo, recibiendo felicitaciones; las hermanitas, conmovidas, muy monas, de rosa la mayor, de azul la menor, ostentando los brazaletes de turquesas, regalo del cuñado futuro; el Obispo que ha de bendecir la boda, alternando grave y afablemente, sonriendo, dignándose soltar chanzas urbanas o discretos elogios, mientras allá, en el fondo, se adivina el misterio del oratorio revestido de flores, una inundación de rosas blancas, desde el suelo hasta la cupulilla, donde convergen radios de rosas y de lilas como la nieve, sobre rama verde, artísticamente dispuesta, y en el altar, la efigie de la Virgen protectora de la aristocrática mansión, semioculta por una cortina de azahar, el contenido de un departamento lleno de azahar que envió de Valencia el riquísimo propietario Aránguiz, tío y padrino de la novia, que no vino en persona por viejo y achacoso —detalles que corren de boca en boca, calculándose la magnífica herencia que corresponderá a Micaelita, una esperanza más de ventura para el matrimonio, el cual irá a Valencia a pasar su luna de miel—. En un grupo de hombres me representaba al novio algo nervioso, ligeramente pálido, mordiéndose el bigote sin querer, inclinando la cabeza para contestar a las delicadas bromas y a las frases halagüeñas que le dirigen...

Y, por último, veía aparecer en el marco de la puerta que da a las habitaciones interiores una especie de aparición, la novia, cuyas facciones apenas se divisan bajo la nubecilla del tul, y que pasa haciendo crujir la seda de su traje, mientras en su pelo brilla, como sembrado de rocío, la roca antigua del aderezo nupcial... Y ya la ceremonia se organiza, la pareja avanza conducida con los padrinos, la cándida figura se arrodilla al lado de la esbelta y airosa del novio... Apíñase en primer término la familia, buscando buen sitio para ver amigos y curiosos,

y entre el silencio y la respetuosa atención de los circuns-
tantes..., el Obispo formula una interrogación, a la cual
responde un «no» seco como un disparo, rotundo como
una bala. Y —siempre con la imaginación— notaba el
movimiento del novio, que se revuelve herido; el ímpetu
de la madre, que se lanza para proteger y amparar a su
hija; la insistencia del Obispo, forma de su asombro; el
estremecimiento del concurso; el ansia de la pregunta
transmitida en un segundo: «¿Qué pasa? ¿Qué hay? ¿La
novia se ha puesto mala? ¿Que dice "no"? Imposible...
Pero ¿es seguro? ¡Qué episodio!...»

Todo esto, dentro de la vida social, constituye un terrible drama. Y en el caso de Micaelita, al par que drama,
fue logogrifo. Nunca llegó a saberse de cierto la causa de
la súbita negativa.

Micaelita se limitaba a decir que había cambiado de
opinión y que era bien libre y dueña de volverse atrás,
aunque fuese al pie del ara, mientras el «sí» no hubiese
partido de sus labios. Los íntimos de la casa se devanaban
los sesos, emitiendo suposiciones inverosímiles. Lo indudable era que todos vieron, hasta el momento fatal, a los
novios satisfechos y amarteladísimos; y las amiguitas que
entraron a admirar a la novia engalanada, minutos antes
del escándalo, referían que estaba loca de contento y tan
ilusionada y satisfecha, que no se cambiaría por nadie.
Datos eran éstos para oscurecer más el extraño enigma

que por largo tiempo dio pábulo a la murmuración, irritada con el misterio y dispuesta a explicarlo desfavorablemente.

A los tres años —cuando ya casi nadie iba acordándose del sucedido de las bodas de Micaelita—, me la encontré en un balneario de moda donde su madre tomaba las aguas. No hay cosa que facilite las relaciones como la vida de balneario, y la señorita de Aránguiz se hizo tan íntima mía, que una tarde, paseando hacia la iglesia, me reveló su secreto, afirmando que me permite divulgarlo, en la seguridad de que explicación tan sencilla no será creída por nadie.

—Fue la cosa más tonta... De puro tonta no quise decirla; la gente siempre atribuye los sucesos a causas profundas y transcendentales, sin reparar en que a veces nuestro destino lo fijan las niñerías, las «pequeñeces» más pequeñas... Pero son pequeñeces que significan algo, y para ciertas personas significan demasiado. Verá usted lo que pasó; y no concibo que no se enterase nadie, porque el caso ocurrió allí mismo, delante de todos; sólo que no se fijaron porque fue, realmente, un decir Jesús.

Ya sabe usted que mi boda con Bernardo de Meneses parecía reunir todas las condiciones y garantías de felicidad. Adamás, confieso que mi novio me gustaba mucho, más que ningún hombre de los que conocía y conozco; creo que estaba enamorada de él. Lo único que sentía era no poder estudiar su carácter; algunas personas le juzgaban violento; pero yo le veía siempre cortés, deferente, blando como un guante, y recelaba que adoptase apariencias destinadas a engañarme y a encubrir una fiera y avinagrada condición. Maldecía yo mil veces la sujeción de la mujer soltera, para la cual es imposible seguir los pasos a su novio, ahondar en la realidad y obtener informes leales, sinceros hasta la crudeza —los únicos que me tranquilizarían—. Intenté someter a varias pruebas a Bernardo, y salió bien de ellas; su conducta fue tan correcta, que llegué a creer que podía fiarle sin temor alguno mi porvenir y mi dicha.

Llegó el día de la boda. A pesar de la natural emoción, al vestirme el traje blanco reparé una vez más en el soberbio volante de encaje que lo adornaba, y era regalo de mi novio. Había pertenecido a su familia aquel viejo Alençón auténtico, de una tercia de ancho —una maravilla—, de un dibujo exquisito, perfectamente conservado, digno del escaparate de un museo. Bernardo me lo había regalado encareciendo su valor, lo cual llegó a impacientarme, pues por mucho que el encaje valiese, mi futuro debía suponer que era poco para mí.

En aquel momento solemne, al verlo realzado por el denso raso del vestido, me pareció que la delicadísima labor significaba una promesa de ventura y que su tejido, tan frágil y a la vez tan resistente, prendía en sutiles mallas dos corazones. Este sueño me fascinaba cuando eché a andar hacia el salón, en cuya puerta me esperaba mi novio. Al precipitarme para saludarle llena de alegría por última vez, antes de pertenecerle en alma y cuerpo, el encaje se enganchó en un hierro de la puerta, con tan mala suerte, que al quererme soltar oí el ruido peculiar del desgarrón, y pude ver que un jirón del magnífico adorno colgaba sobre la falda. Sólo que también vi otra cosa: la cara de Bernardo, contraída y desfigurada por el enojo más vivo; sus pupilas chispeantes, su boca entreabierta ya para proferir la reconvención y la injuria... No llegó a tanto, porque se encontró rodeado de gente; pero en aquel instante fugaz se alzó un telón y detrás apareció desnuda un alma.

Debí de inmutarme; por fortuna, el tul de mi velo me cubría el rostro. En mi interior algo crujía y se despedazaba, y el júbilo con que atravesé el umbral del salón se cambió en horror profundo. Bernardo se me aparecía siempre con aquella expresión de ira, dureza y menosprecio que acababa de sorprender en su rostro; esta convicción se apoderó de mí, y con ella vino otra: la de que no podía, la de que no quería entregarme a tal hombre, ni entonces, ni jamás... Y, sin embargo, fui acercándome al altar, me arrodillé, escuché las exhortaciones del Obispo... Pero cuando me preguntaron, la verdad me saltó a los labios, impetuosa, terrible... Aquel «no» brotaba sin proponérmelo; me lo decía a mí propia..., ¡para que lo oyesen todos!

—¿Y por qué no declaró usted el verdadero motivo, cuando tantos comentarios se hicieron?

—Lo repito: por su misma sencillez... No se hubiesen convencido jamás. Lo natural y vulgar es lo que no se admite. Preferí dejar creer que había razones de ésas que llaman serias...

CHAMPAGNE

Pardo Bazán is more daring in "Champagne" than in many other stories, in both style and theme, because this tale is told by a prostitute to her client, with little narratorial intervention. This was not the first time prostitutes were represented in Spanish fiction; they appear in classic medieval texts, and certainly Pardo Bazán's male contemporaries had represented the figure of the prostitute in their fiction. Nevertheless, a female author's use of a prostitute as framed narrator, without commentary, was probably scandalous. This may explain why "Champagne" was never published in any of the popular journals, unlike the vast majority of Pardo Bazán's stories.

The reproduction of the protagonist's colloquial speech is also unusual. Although Pardo Bazán did indeed record the speech of rural people and of the working classes with a fair degree of verisimilitude elsewhere, rarely did she do so to this extent.

Particularly intriguing is the protagonist's suggestion that if more women told the truth about their feelings, they would be in the same situation that she is in or worse. This striking assertion might recall to the contemporary reader's memory the lines from "Käthe Kollwitz," by the American poet Muriel Rukeyser: "What would happen if one woman told the truth about her life? The world would split open" (The Speed of Darkness [New York: Random, 1968] 99–105).

Al destaparse la botella de dorado casco, se oscurecieron los ojos de la compañera momentánea de Raimundo Valdés, y aquella sombra de dolor o de recuerdo despertó la curiosidad del joven, que se propuso inquirir por qué una hembra que hacía profesión de jovialidad se permitía mostrar sentimientos tristes, lujo reservado solamente a las mujeres honradas, dueñas y señoras de su espíritu y su corazón.

Solicitó una confidencia y, sin duda, «la prójima» se encontraba en uno de esos instantes en que se necesita expansión, y se le dice al primero que llega lo que más hondamente puede afectarnos, pues sin dificultades ni remilgos contestó, pasándose las manos por los ojos:

—Me conmueve siempre ver abrir una botella de champagne, porque ese vino me costó muy caro... el día de mi boda.

—Pero ¿tú te has casado alguna vez... ante un cura? —preguntó Raimundo con festiva insolencia.

—Ojalá no —repuso ella con el acento de la verdad, con franqueza impetuosa—. Por haberme casado, ando como me ves.

—Vamos, ¿tu marido será algún tramposo, algún pillo?

—Nada de eso. Administra muy bien lo que tiene y posee miles de duros... Miles, sí, o cientos de miles.

—Chica, ¡cuántos duros! En ese caso... ¿Te daba mala vida? ¿Tenía líos? ¿Te pegaba?

—Ni me dio mala vida, ni me pegó, ni tuvo líos, que yo

sepa... ¡Después sí que me han pegado! Lo que hay es que le faltó tiempo para darme vida mala ni buena, porque estuvimos juntos, ya casados, un par de horas nada más.

—¡Ah! —murmuró Valdés, presintiendo una aventura interesante.

—Verás lo que pasó, prenda. Mis padres fueron personas muy regulares pero sin un céntimo. Papá tenía un empleíllo, y con el angustiado sueldo se las arreglaban. Murió mi madre; a mi padre le quitaron el destino...; y como no podía mantenernos el pico a mi hermano y a mí, y era bastante guapo, se dejó camelar por una jamona muy rica y se casó con ella en segundas. Al principio, mi madrastra se portó..., vamos, bien; no nos miraba a los hijastros con malos ojos. Pero así que yo fui creciendo y haciéndome mujer, y que los hombres dieron en decirme cosas en la calle, comprendí que en casa me cobraban ojeriza. Todo cuanto yo hacía era mal hecho, y tenía siempre detrás al juez y al espía...: la madrastra. Mi padre se puso muy pensativo, y comprendí que le llegaba al alma que se me tratase mal. Y lo que resultó de estas trifulcas fue que se echaron a buscarme marido para zafarse de mí. Por casualidad lo encontraron pronto: sujeto acomodado, cuarentón, formal, recomendable, seriote... En fin; mi mismo padre se dio por contento y convino en que era una excelente proporción la que se me presentaba. Así es que ellos en confianza trataron y arreglaron la boda, y un día, encontrándome yo bien descuidada..., ¡a casarse!, y no vale replicar.

—¿Y qué efecto te hizo la notica? Malo, ¿eh?

—Detestable..., porque yo tenía la tontuna de estar enamorada hasta los tuétanos, como se enamora una chiquilla, pero chiquilla forrada de mujer..., de «uno» de Infantería, un teniente pobre como las ratas..., y se me había metido en la cabeza que aquél había de ser mi marido apenas saliese a capitán. Las súplicas de mi padre; los consejos de las amigas; las órdenes y hasta los pescozones de mi madrastra, que no me dejaba respirar, me aturdieron de tal manera, que no me atreví a resistir. Y vengan regalos, y descláavense cajones de vestidos enviados de Madrid, y cuélguese usted los faralaes blancos, y préndase el embelequito de la corona de azahar,[1] y a la iglesia, y ahí te suelto la bendición, y en seguida gran comilona, los amigos de la familia y la parentela del novio que brindan y me ponen la cabeza como un bombo, a mí, que más ganas tenía de lloriquear que de probar bocado...

—Hija, por ahora no encuentro mucho de particular en tu historia. Casarse así, rabiando y por máquina, es bastante frecuente.

—Aguarda, aguarda —advirtió amenzándome con la mano—. Ahora entra lo ridículo, la peripecia... Pues,

---

[1] The crown of orange blossoms traditionally symbolizes virginity.

señor, yo en mi vida había probado el tal champagne... Me sirvieron la primera copa para que contestase a los brindis, y después de vaciarla, me pareció que me sentía con más ánimos, que se me aliviaban el malestar y la negra tristeza. Bebí la segunda, y el buen efecto aumentó. La alegría se me derramaba por el cuerpo... Entonces me deslicé a tomar tres, cuatro, cinco, quizá media docena...

Los convidados bromeaban celebrando la gracia de que bebiese así, y yo bebía buscando en la especie de vértigo que causa el champagne un olvido completo de lo que había de suceder y de lo que me estaba sucediendo ya. Sin embargo, me contuve antes de llegar a trastornarme por completo, y sólo podían notar en la mesa que reía muy alto, que me relucían los ojos y que estaba sofocadísima.

Nos esperaba un coche a mi marido y a mí, coche que nos había de llevar a una casa de campo de él, a pasar la primera semana después de la boda. Chiquillo, no sé si fue el movimiento del coche o si fue el aire libre, o buenamente que estaba yo como una uva, pero lo cierto es que apenas me vi sola con el tal señor y él pretendió hacerme garatusas cariñosas, se me desató la lengua, se me arrebató la sangre, y le solté de pe a pa lo del teniente, y que sólo al teniente quería, y teniente va y teniente viene, y dale con que si me han casado contra mi gusto, y toma con que ya me desquitaría y le mataría a palos... Barbaridades, cosas que inspira el vino a los que no acostumbran... Y mi esposo, más pálido que un muerto, mandó que volviese atrás el coche, y en el acto me devolvió a mi casa. Es decir, esto me lo dijeron luego, porque yo, de puro borrachita, ¿sabes?..., de nada me enteré.

—¿Y nunca más te quiso recibir tu marido?

—Nunca más. Parece que le espeté atrocidades tremendas. Ya ves: quien hablaba por mi boca era el maldito espumoso...

—¿Y... en tu casa? ¿Te admitieron contentos?

—¡Quiá! Mi madrastra me insultaba horriblemente, y mi padre lloraba por los rincones... Preferí tomar la puerta, ¡qué caramba!

—¿Y... el teniente?

—¡Sí, busca teniente! Al saber mi boda se había echado otra novia, y se casó con ella poco después.

—¿Sabes que has tenido mala sombra?

—Mala por cierto... Pero creo que si todas las mujeres hablasen lo que piensan, como hice yo por culpa del champagne, más de cuatro y más de ocho se verían peor que esta individua.

—¿Y no te da tu marido alimento? La ley le obliga.

—¡Bah! Eso ya me lo avisó un abogadito «que tuve»... ¡El diablo que se meta a pleitear! ¿Voy a pedirle que me mantenga a ése, después del desengaño que le costé? Anda, ponme más champagne... Ahora ya puedo beber lo que quiera. No se me escapará ningún secreto.

LA MIRADA

Like "Primer amor," "Memento," and "Mi suicidio," "La mirada" is told by a male narrator. But the narrator's stance is not to be identified with that of the author. Notice how this nameless, successful businessman is characterized negatively by his own actions, thoughts, and the language he uses.

In many ways, this story serves as an excellent representation of women's constantly being placed "on the market," as Luce Irigaray puts it ("Women on the Market," This Sex Which Is Not One, *trans. Catherine Porter [Ithaca: Cornell UP, 1985] 170-92). The inextricable linking here of the look to issues of sexual domination also anticipates contemporary ideas.*

Por asuntos de la gran Sociedad industrial de que yo formaba parte, hube de ir varias veces a M***, donde nadie me conocía, y a nadie conocía yo. Durante mis breves residencias en la mejor fonda, pude, desde mi ventana, admirar la hermosura de una señora que vivía en la casa de enfrente. Desde mi observatorio se registraba de modo más indiscreto su tocador, y yo veía a la bella que, instalada ante una mesa cargada de frascos y perfumadores, contemplándose en el espejo, peinaba su regia mata de pelo color caoba, complaciéndose en halagarla con el cepillo, en ahuecarla y enfoscarla alrededor de su cara pálida y perfecta. Cuando acababa de morder las ondulaciones laterales el último peinecillo de estrás, sonreía satisfecha, alisando reiteradamente, con la mano larga y primorosa, el capilar edificio. Después se pasaba por la tez suavemente, la borla de los polvos; se pulía las cejas; se bruñía interminablemente las uñas con pasta de coral; se probaba sombreros, lazos, cinturones, piquetes de flores, encajes, que arrugaba alrededor del cuello; en suma: se consagraba largas horas a la autolatría de su beldad. Y clavado a la ventana por el incitante espectáculo, encendida la sangre a profanar así la intimidad de una mujer seductora, nacía en mí otra curiosidad, el ansia de conocer su historia, en la cual, sin duda, habría episodios pasionales, goces, penas, recuerdos...

Me estremecí, por consecuencia, al oír una noche, en la mesa redonda, que pronunciaban su nombre, que la discutían... Me alteré, como el cazador al sentir rebullir en el matorral la pieza que aguarda. Motivaba la conversación el haber dicho monsieur Lamouche, el viajante francés en joyas, que pensaba pasar a casa de la *belle Madame*... —aquí el apellido, que no entregaré a la publicidad —para ofrecer su *stock*, esperando importante venta.

—¡Ni que lo piense usted! —objetó uno de los comensales, señorito venido de un pueblo próximo a pasar el día alegremente en M***—. Conozco de sobra al marido de Tilde, que es prima mía allá... no sé por dónde..., y desde que le regaló a su mujer el aderezo de boda,[1] se acabaron los despilfarros. ¡Sí, a buena parte! Más tacaño que las hormigas...

—¿Será —observó chapurreando, el viajante— que el esposo se entender mal con su dama, la cual es sí bonita y le trompará, *allons,* todo naturalmente?

—¡Ojalá! —suspiró, en chanza, el señorito—. Si a Tilde la diese por ahí, soy capaz de apuntarme en lista con el número uno, así me rompiese la crisma el dueño legal. ¡Al contrario! Tilde no ha dado jamás que decir ni esto... No niego que esté engreída con su hermosura; lo está y mucho; pero su única pasión es la compostura, el adorno. La disloca, más que hacer conquistas, que rabien las otras mujeres ante la elegancia. ¡Bah! Si en algo hubiese delinquido, aunque sólo fuese en una mirada, se sabría. En los pueblos relativamente pequeños no quedan ocultas esas cosas... Y la que entrega la mirada, lo entrega todo... Les repito a ustedes, y cualquiera se lo repetirá, que Tilde no sólo es intachable, sino glacial e inexpugnable.

Los demás comensales confirmaron el aserto del señorito.

—Entonces —insistió el francés, que no perdía de vista

---

[1] Traditionally, the set of wedding jewels consisted of a necklace, earrings, brooches, and a bracelet.

su negocio—, si ella ama tanto la *toilette,* yo traigo cosas deliciosas...

—¡Tiempo perdido! No se ablanda el cónyuge... ¡Es un sucio! ¡Tener una mujer así, y sujetarla a una mensualidad exigua para sus trapos! Merecía...

Al final de la plática, que aún se prolongó verbosamente, latíame el corazón, las arterias me zumbaban: una idea extraña acababa de ocurrírseme. El señorito y los restantes huéspedes se fueron al teatro, y solo ya con monsieur Lamouche, que gustaba de mi conversación porque hablábamos corrientemente en francés, le hice la proposición, y en vez de negarse en seco—lo que yo temía—, la aceptó y aun la celebró regocijado, haciendo en el aire además de pegarme en el vientre una palmadica.

—¡Oh! *Ma foi!* Muy bonito, muy español está eso... ¡Como en los romances, *sapristi!* Sólo le pido de no comprometerme, de tener prudencia...

Conviene saber que el viajante me conocía de antiguo; me respetaba como a persona metida en altos negocios, y estaba muy hecho a distinguir le gente seria de los tramposos, en su peligroso oficio de traficante en artículos superfluos, que todos desean poseer y todos repugnan pagar. Rehusó la fianza que quise entregarle, y puso en mis manos dos cajas de zapa negra, rellenas de sus preseas mejores. Y, con las cajas bajo el brazo y el alma en un hilo, subí la escalera de la casa de Tilde, a quien, por fin, iba a ver de cerca, a solas quizá, en la misma habitación templo de su hermosura... Sólo esto me proponía: verla, respirar su hálito de ámbar, y que acaso nuestras manos se rozasen un momento al manejar las joyas... Y me anunciaron, y, efectivamente, pasé al tocador, deslumbrado ya, mareado, febril...

Envolvía a Tilde una bata que yo conocía, de seda flexible, gris, plegada, con tanto encaje amarillento, que apenas se veía la tela. ¡De cerca era más divina aún la beldad! En su lotería se pagaban aproximaciones... No sé qué ambiente luminoso y embriagador la rodeaba; no sé qué efluvios sutiles, delicadísimos, se desprendían de su cuerpo joven, perfumado, libre y suelto como el de las estatuas helénicas dentro del amplio plegazón del ropaje... Turbado, y dominando mi turbación, abrí las cajas y presenté el surtido. Salieron brazaletes y orlas, cadenas y pinjantes, lanzaderas, sartas y «perros» endiamantados, que ella cogía, tocaba, probaba, se colgaba, se ceñía, con leves chillidos y exclamaciones de placer. Todo le gustaba; mirábase al espejo, hacía jugar las manos, ensortijadas, a la luz que entraba por la ventana, la ventana indiscreta, reveladora. No me veía; yo era para ella el escaparate, lo menos que secundario, lo accesorio.

Al fin, entre diversas tentaciones, una más fuerte se

clavó en su alma femenil. Un collar, de brillantes y perlas peraltadas, un antojo ya antiguo, sin duda, y cuya falta, en su estuche-joyero, la había desconsolado mil veces, fijó sus ojos, súbitamente entristecidos, y su voz se volvió opaca y tímida para preguntar:

—¿Cuánto?...

Lancé el precio —me había enterado bien—, y vi apagarse sus pupilas oscuras, lucientes de deseo y codicia. ¡No tenía dinero para la ansiada joya! Entonces, un chispazo de mi voluntad ardió en mí. No razoné: murmuré, con silbo serpentino al pie del árbol del Mal:

—Si la señora gusta del collar..., hay mil maneras... Damos toda clase de facilidades... El pago no es urgente... Una cantidad al mes, por ejemplo...

Levantó lentamente la cabeza, y por primera vez me miró. Su olfato fino, su sagacidad de Eva habituada a la adoración, percibió en mi balbuceo «algo» más allá de las cláusulas que pronunciaba. El temblor del alma se filtraba al través de las vulgares ofertas comerciales, como rezuma el agua por el búcaro. Con los ojos respondí a los suyos, que interrogaban sin querer; los puñales, buidos, crueles, de nuestro espíritu, se cruzaron en forma de ojeada larga y significativa... «No ha delinquido ni con una mirada...» «La que entrega la mirada, lo entrega todo.» Recordé esta frase del señorito, y al recordarla, me deslumbró más aún aquella luz diabólica que llegaba adentro, al fondo de mi ser de hombre apasionado, caprichoso, en la plenitud de la edad... Y seguro de que al mirar de Tilde no le añadirían sentido alguno las palabras en un diccionario entero, me incliné y le tendí al mismo tiempo brazos y collar, abrochándolo tiránicamente a su garganta, tembloroso al enredarme los dedos en la regia mata de pelo caoba, viva y eléctrica...

Me costó algo cara Tilde. A joya por entrevista... No obstante, jamás lloraré aquellos miles de francos, porque, al volver años después a M***, supe que la hermosa —siempre hermosa, pues parecía poseer un secreto y conservarse entre nieve— seguía pasando por mujer inexpugnable, que ni con la mirada...

LA CLAVE

Pardo Bazán's female characters are not exempt from her acerbic criticism, as "La clave" demonstrates. The narrative perspective is manipulated in an ironic way; while the protagonist is bewildered by the behavior of his uncle's new wife, to most readers her motives will seem clear from the start. But by the end of the story, it becomes much more difficult to identify Tolina's reasons for marrying don Juan. Thus even those readers who feel they have immediately grasped "the key" to the enigma are tricked just as poor Calixto is.

The author has imbued this short story with a curious intertextuality. First, the protagonist's odd name, Calixto, echoes that of the central male character of Fernando de Rojas's 1499 work Comedia de Calisto y Melibea, *or* La Celestina, *which relates the tragedy of a pair of star-crossed lovers in the style of Shakespeare's later Romeo and Juliet. Melibea repulses Calisto just as Pardo Bazán's Calixto rejects Antolina's advances. Furthermore, the name of Calixto's uncle, Nepomuceno, is the same as that of a character in Clarín's 1891 novel* Su único hijo. *Clarín's character, also an uncle and mentor, is an amoral schemer who spends a large part of his niece's fortune under the guise of protecting her investments. Both he and Pardo Bazán's Nepomuceno share the Spanish name for Saint John of Nepomuk, bishop of Prague and patron saint of confessors, who in 1393 supposedly was thrown off a bridge to his*

79

*death when he refused to reveal the details of Queen So-
phia's confession to King Wenceslaus IV. (More modern
scholarship suggests that the saint died a victim of political
intrigue.) In both cases, Pardo Bazán has taken well-known
literary characters and transferred their outstanding fea-
tures to her own characters but of the opposite sex. We
might wonder whether she is offering her readers a teasing
challenge: to consider the implications of her idiosyncratic
gender-bending textual allusions.*

Calixto Silva se enteró —al regresar de un viaje que había
durado cuatro meses—, de que su tío y tutor, aquel excelente don Juan Nepomuceno, a quien debía educación,
carrera, la conservación y aumento de su patrimonio y el
más solícito cuidado de su salud, iba a casarse..., ¿y con
quién?, con la propia Tolina Cortés..., la casquivana que
de modo tan terco había tratado de atraerle a él, Calixto,
mediante coqueterías, artimañas y diabluras, cuyo efecto
fue contraproducente, pero cuyo recuerdo, ante la noticia, le causaba una impresión de temor y repugnancia.

Su tío no le consultaba, y no parecía dispuesto a escuchar observación ninguna respecto al asunto de la boda.
Calixto tuvo, pues, que resignarse; su única protesta fue
expresar el deseo de marcharse a vivir solo: pero en eso
no estaba don Juan conforme.

—¡No faltaba otro dolor de muelas! Tú no eres mi
sobrino, que eres mi hijo; si llegan a nacerme, no los
querré más que a ti. La niña —así llamaba don Juan a su
futura— se hará cuenta de que soy un viudo que tiene

un chico. Se acabó... Mientras no te cases tú también, todo sigue como antes.

Asistió Calixto a la ceremonia nupcial, estremeciéndose interiormente de rabia al mirar la tersa guirnalda de azahares que, bajo la nube de tul del velo, coronaba la frente audaz de la diabólica criatura. ¿Cómo se las habría compuesto la serpezuela para anillarse al corazón del honrado viejo? ¿Qué arterías, qué travesuras, qué sortilegios usaría? ¡Sin duda, aquellos mismos que Calixto evocaba mientras el órgano emitía su vibrante raudal de sonidos plenos y graves, y en el altar, una grácil figura, envuelta en blancas sedas que la prolongaban místicamente, articulaba un «sí» apagado, un «sí» blanco también.

El irritante enigma que preocupaba a Calixto le obligó a pensar incesantemente en la esposa de su tío, a tenerla presente día y noche. Resolvió vigilarla, mirar por la honra de don Juan, y no consentir que nadie le burlase impunemente. Semejante propósito, noble y firme, era justificación de su permanencia en la casa. Ojo y oído: que Tolina anduviese con pies de plomo, o si no...

Tolina, sin género de duda, desplegaba la hipocresía más maquiavélica; nada cabía reprender en su conducta. Concurría a algunas diversiones sin mostrar afán por ellas; se adornaba y componía sin exceso; igual y alegre de carácter, con su marido era realmente la niña, más hija que esposa; le cuidaba, le complacía zalameramente, le respetaba en público, le mimaba de puertas adentro y —Calixto hubo de confesárselo a sí propio— don Juan disfrutaba de una felicidad verdadera. Chocho con la dulce y sabrosa mujercita, repetía incesantemente, disolviendo en babas las frases:

—¿Ves, Calixto, qué mona es? Búscate una así. No debe nadie morirse sin primero disfrutar estos goces.

Calixto, ceñudo, se tragaba sus cavilaciones y sospechas malignas.

¡Vamos, no podía ser! Tarde o temprano, Tolina enseñaría la oreja. Si ahora se portaba bien sería por algo... ¡Bah!... Y continuaba observándola con malévola atención. Tolina, afectuosa, algo quejosa, con queja muda, procuraba ni chocar ni insinuarse demasiado con el sobrino, a quien llamaba hijo don Juan, y el sobrino, a quien era indiferente Tolina como mujer, no cesaba de preocuparse de su psicología como esposa. ¿Por qué guardaba tan estricta y dignamente el decoro de su marido? ¿Por qué no daba motivo alguno, ni aun de sospecha? Y, en vez de felicitarse —¡somos tan poco lógicos!—, Calixto se reconcomía. Es humano; todo el que augura mal, sufre mortificación cuando no acierta.

La causa del buen comportamiento de Tolina... Súbito resplandor alumbró a Calixto para adivinarla. ¡Si estaba más claro! ¡No haberlo comprendido! Lo que la joven buscaba y aseguraba con tal arte era la fortuna del viejo, su cuantiosa herencia... Un cálculo ambicioso resguardaba su virtud y la ventura del confiado cónyuge. Antolinita Cortés pertenecía a la falange de las calculadoras, la sabia falange que espera y prepara la lámpara de la noche siguiente...

Al descubrir esta clave, Calixto se dio por doblemente satisfecho. Su pesimismo se contentaba con reconocer en Tolina instintos de mezquindad y avidez; su generosidad le movía a alegrarse de renunciar a una sucesión que nunca había codiciado. Y, adelantándose a lo que pudiese sobrevenir, un día en que la conversación cayó oportunamente, dijo a don Juan:

—Tío, nadie está seguro de vivir mañana... Yo he testado desde que soy mayor de edad. ¿Por qué no toma usted disposiciones y deja a la tía Antolina sus bienes? Lo merece, y es justo.

—Lo merece, y es justo —repitió el anciano, remedando al sobrino—, y yo le dejaría los reinos de España... pero has de saber que no quiere, que no se le antoja y que, al hablarle yo de eso, fue tal su enfado y el daño que le hizo, que hasta se puso enferma. Es el único disgusto que tuvimos. Me ha exigido que mi heredero seas tú... ¿Qué significa ese asombro? ¿Habías supuesto que Tolina me aceptó por interés? ¿Ella? ¿Ella?

Y el anciano irradiaba placer por su cara simpática, rojiza entre la gris aureola de la barba y los cabellos.

—Bueno; pero no consentiré tal disparate y tal injusticia —declaró Calixto—. Lo que usted me legue, para ella será.

—No la persuadirás. No quiere. ¡Es más buena que los ángeles!

Desde esta conversación, cambió Calixto de modo de ser. Huía de Tolina, en vez de vigilarla. La sospecha de ahora era más punzante, más honda, más perturbadora que la antigua. Una tristeza, una inquietud sin límites, invadieron el espíritu de Calixto. Perdió el apetito y el sueño. Una tarde, habiendo echado de menos su cartera, donde guardaba un fajo de billetes, bajó al jardín del hotel a hora impensada, casi anochecido, por si la encontraba allí, y registró, agachándose, los macizos de plantas, hasta un grupo de arbustos que ocultaban un banco de piedra. Se detuvo. Una mujer, sentada en el blanco, besaba un objeto rojo.

—¿Qué haces aquí? —murmuró él, sobrecogido, sin darse cuenta de lo que decía.

—¿Y tú? —respondió ella serenamente.

—Yo... Yo... Buscaba mi cartera...

—Aquí la tienes: la encontré momentos hace.

Tolina le tendió, sonriente, la cartera de cuero de Rusia. Calixto no la tomó. Notaba que palidecía, y la voz se le atascaba en la garganta.

—¿Qué te sucede? —la dama, aproximándose, acercaba la cartera a las manos inertes que no la recogían—.

Vamos —añadió melancólicamente y con malicia—, coge tu dinero... Ya sabes que yo no me lo he de guardar.

La contestación de Calixto fue —sin levantarse del suelo— echar los brazos a aquel cuerpo que temblaba de pasión y de triunfo... Tolina, inclinándose, balbuceaba:

—¡Al fin! Trabajo ha costado... ¡Ciego, ciego!

Un paso plomizo hizo crujir la arena... Calixto se incorporó... Don Juan se acercaba.

—Buscábamos esta cartera —explicó Tolina, radiante, blandiéndola en alto—. Figúrate que Calixto la tocaba con las manos, y no la veía. ¡Y cuidado si saltaba a la vista! Pero siempre sucede así: las cosas más evidentes son las que nos empeñamos en no ver... Toma, sobrino —prosiguió, deslizando ella misma, con graciosa familiaridad, el objeto en el bolsillo del joven—. No la vuelvas a perder, que vale un pico...

A la mañana siguiente, Calixto se marchó, dejando una carta de despedida, breve, aunque cariñosa. Necesitaba viajar largo tiempo, completar sus conocimientos, recorrer el mundo. Tolina, al enterarse de la carta que don Juan leyó furioso —¡diablo de chiquillo!, ¡qué salida de pie de banco es ésta!—, no pronunció palabra.

Poco después se alteró gravemente su salud, y don Juan la pasea por balnearios y antesalas de celebridades médicas sin que se sepa todavía a punto fijo qué mal padece. Los nervios, de fijo... Los nervios, otro enigma sin clave...

LA BODA

*Published twelve years after "El encaje roto," "La boda"
returns to the earlier story's conceit of the bride whose
orientation toward her marriage and husband changes
completely on the very day of her wedding, and within the
span of a moment. The sympathetic treatment of female
sexuality echoes that found in several other stories of Pardo
Bazán's, such as "Memento" and "Champagne." The
protagonist's point of view is presented almost exclusively
here; the reader is privileged with not only the knowledge
of Regina's secret erotic desire but also the experience of it,
when Regina gazes at the light playing across the eyes and
mustache of the man she wants. But how are we to interpret the "happy ending" that distinguishes this story from
"El encaje roto," "Memento," or "Champagne"? The "open"
ending invites us to speculate about the chances that bride
and groom will find satisfaction in this marriage.*

El día era espléndido, primaveral, y la gente apiñada en
el ómnibus, camino de los Viveros, iba del mejor humor
posible, con el hambre canina que se despierta después
de una mañana ajetreada, de emociones y aire libre. Se
esperaban grandes cosas del yantar: bien rico y generoso
era el novio, y bien pirrado estaba por la novia. Le cons-
taba a Nicasio, el platero, que se lo había confiado a doña

Fausta la tintorera y a sus niñas: habría Champán y langostinos, y hasta se esperaba una sorpresa, un plato de marqueses, que se llama *bestión de fuagrá*.

Y no mentía el platero Nicasio. Don Elías, dueño de varias fábricas de quincalla y del mejor bazar de la calle de Atocha, había perdido la cuenta del tiempo que llevaba cortejando a la desdeñosa Regina, hija de doña Andrea, la Directora del Colegio de niños de la Plazuela de Santa Cruz. Regina era una rubia airosa, aseñoritada, como pocas, instruidita, soñadora por naturaleza y también por haber leído bastante historia, novelas, versos, cosas de amores... amén de su afición al teatro, insaciable; no al teatro alegre ni sicalíptico: a los dramas y a las comedias serias y sentimentales. Sería exceso llamar hermosa a Regina; pero tenía atractivo, elegancia, un modo de ser muy superior a su esfera social, y su cuerpo mostraba líneas de admirable concisión, realzadas por el vestir sencillo y delicado, as la francesa. No pasaba inadvertida en ninguna parte, y tenía sus envidiosas y sus imitadoras.

A pesar de la campaña de su madre, —loca de gozo al presentarse un pretendiente como don Elías,— Regina luchó años enteros antes de aceptarle. No daba razones. No quería. Que no le hablasen de semejante cosa. Era dueña de su voluntad: no tenía ambición, no estaba en venta... y argumentos por el estilo. No se le conocía otro novio... Esto era lo que a la madre la volvía loca. «¡Si al fin ella no quiere a nadie! ¡Si por más que estoy a la mira no veo moros en la costa!»

Nunca se observan sino los hechos materiales... Los corazones no tienen ventanillas de cristal. —Regina se negaba tan resueltamente, porque no acababa de convencerse de que el profesor de francés del colegio, señorito pobre y guapo como un Apolo, no se acordaba de ella, sino para saludarla atentamente al entrar y salir de clase. ¡Aquél, sí! ¡Una palabra de aquél! Regina, en secreto y sin ridículas apariencias, sufría el largo y cruel proceso de la fiebre amorosa. —Cierto día, cuando más renegaba de la triste condición de la mujer, que no le permite revelar su afán, por hondo que sea; —notó que disimuladamente, el gallardo profesor pasaba un billetito a una alumna jorobada, hija única de un usurero millonario. Hubo noches de insomnio y días de desgano; hubo lágrimas involuntarias y hasta crisis nerviosas; la defensa del ideal, que no quiere morir... Al cabo de un mes, de pronto, sin preámbulos, Regina anunció a su madre que estaba dispuesta a la unión con don Elías. Su consuelo era que nadie conociese la malhadada y defraudada ilusión... Había acertado a disimularla; su humillación era como si no hubiese existido, puesto que no la sospechaba ni doña Andrea, después de espiar a su hija continuamente. Sería el tesoro que guardase:

su amor muerto, su desengaño, paloma de blancas alas, rotas y sangrientas...

Ya se detenía en la plazuela de los Viveros el ómnibus: la novia, ricamente vestida de raso negro,[1] bajaba del interior. Antes que el novio le tendiese la mano para ayudarla, se adelantó un apuesto mozo: el propio Damián Antiste, el profesor, el ensueño hecho hombre, el verdadero autor del enlace entre la romántica criatura y el excelente y clásico industrial madrileño... ¿Cómo estaba allí Damián? Regina sabía a punto cierto que no había asistido a la boda en la iglesia. Sin duda, haciéndose el encontradizo, o doña Andrea, o don Elías le convidarían... Lo cierto era que estaba... y que iba a comer tal vez a su lado... o enfrente... Regina recordó que el usurero había sacado del colegio a la niña corcovada, encerrándola a piedra y lodo; y pensó que Damián ya no se acordaría de sus ambiciosos planes. Todo esto lo calculó en un relámpago. La sensación terriblemente dulce de la mano del profesor estrechando la suya, de los ojos que la devoraban, abolió las demás y suprimió cuanto no fuese el acre placer del triunfo. La mirada de Damián era atrevida, explícita, larga. Detallaba a Regina, hermosa realmente en aquel momento, bajo el velo blanco que nublaba los cabellos brilladores, ondulados con coquetería, adornada con el

---

[1] Until about the middle of the twentieth century, it was not unusual for Spanish brides to wear black.

azahar céreo de verde follaje, resplandeciéndole en las orejas dos gotas de agua, limpias, gruesas, mil duros en cada lóbulo, —el derroche del espléndido y entusiasmado consorte... «Hoy le gusto» pensó Regina, trémula de placer. Desvió las pupilas; pero el imán del alma le hizo girarlas otra vez hacia el profesor, que seguía, devorándola con las suyas. ¡Aquella mirada, hacía dos meses! ¿Y por qué *ahora*? ¡Oh, no cabía duda! Era efecto del traje, del tul, de las joyas... Damián *no la había visto* hasta aquel instante. Las mujeres tienen de estas aprensiones: creen en el efecto irresistible del adorno, del traje, de las galas, y así se hacen pedazos tras ellas. ¡Ah, si Damián la ve antes radiante, engalanada, quién duda que la hubiese contemplado como la contemplaba ahora! Pero Damián no sabía ni que ella era bonita, ni que se moría por él... Como agua a la cual se le abre la salida, la ilusión de Regina se desbordó... Era la larga pasión que se satisfacía sin poder contenerse, sin atender ni a respetos ni a pudores... Afortunadamente, el novio había corrido a hablar con el dueño del fondín para saber si todas sus instrucciones se cumplían y el espléndido almuerzo se serviría pronto.

Las amigas despojaron a Regina de su velo y se decidió que, mientras no llegaba la hora de sentarse a la mesa, jugarían al escondite... La boda se desparramó por los senderos de la orilla del agua, que embalsamaban las postreras lilas y las primeras colindas blancas y olorosas. El aroma de aquellas flores madrileñas, en el aire seco y cálido, era trastornador. El follaje tierno, flexible, fino de los arbustos, escondía los altos troncos de los árboles y tendía como una cortina movible y embalsamada ante el riachuelo. Era poesía lo burgués del oasis, y hasta poesía las notas del organillo que, lejos, empezaba a ganarse la propina con sus tocatas de zarzuela popular. Remangando la cola de su magnífico traje, la novia, que sentía hervir la juventud, corrió, dio el ejemplo. Damián la siguió. Nadie reparaba en ellos, o si reparaban las amiguitas, se sentían cómplices: dejar a la novia que se riese, que se alegrase; ¡estaba aún en la antesala del grave deber!

Damián alcanzó a la novia muy pronto. Contra un bosquete de arbolillos ya densamente hojosos que empezaba a hacer languidecer el calor, la acorraló sonriendo. Se acercó y Regina saboreó la sensación extrañamente divina de ver de cerca, muy de cerca, un rostro que se ha soñado y que ahora, próximo, dominador, parece distinto con el puntilleo de las pupilas al sol y el color cambiante del bigote que se enciende bajo la luz viva... Desfallecida la mujer, el galán le echó al talle los brazos y empezó a pronunciar palabras confusas, la canción eterna que se apodera de las almas... Al pronto Regina escuchó bebiendo aquel hablar que la desvanecía y la embriagaba a la vez. Luego..., ¿qué decía aquel hombre? Regina se hizo atrás espantada de lo que oía. Y él, inhábil, torpe, continuaba: «No niegue que me quiso, que me quería allá en el colegio... No lo niegue... Si yo lo sabía... Si lo noté desde el mismo momento en que empezó...» Las facciones de la novia, al pronto asombradas, expresaron al fin bochorno, desprecio infinito, ira profunda. ¡Miserable! ¡De modo que lo sabía! ¡Y entretanto, escribía a la millonaria! ¡Y a ella ni una señal de gratitud, ni una frase de consuelo, de simpatía! ¡La dejaba morir! ¡La dejaba casarse con otro! Y ahora... ¡Miserable!

La palabra asomó a los labios, blancos de cólera. —¡Miserable! —gritó en alto.

Y a paso lento, sin volver el rostro atrás, salió del bosquete y se dirigió hacia el comedor. Allí debía de estar su novio, su marido. Y estaba, en efecto, dando disposiciones, señalando sitios en la mesa.

—¡Elías! —dijo ella cariñosamente—. Mira que quiero sentarme a tu lado, ¿eh?

Era la primera vez que le hablaba así... Todos notaron que durante el almuerzo —aquel almuerzo que dejó memoria,— ella estuvo tierna, insinuante, y el novio loco de alegría.

LOS ESCARMENTADOS

"Los escarmentados" is thematically and stylistically typical of Pardo Bazán's later work. We see the figure of the woman who has been seduced and abandoned, a commonplace in nineteenth-century literature, especially Victorian fiction, and one that Pardo Bazán herself used in many of her works. But rather than focus on the high drama of the situation, as authors like Hardy and Dickens do, she presents the "wronged woman" in a way that implicitly denounces hypocritical cultural attitudes toward sexuality. She melds this social criticism with a concern for "the psychology of the moment," which in many ways presages the modernist experiments of such writers as Katherine Mansfield and Virginia Woolf. This direct representation of thought is particularly intriguing in its focus on the resentment that a member of one sex has developed, with justification or not, toward the entire opposite sex and the curious ways in which that resentment can be unexpectedly softened.

La helada endurecía el camino; los charcos, remanente de las últimas lluvias, tenían superficie de cristal, y si fuese de día relucirían como espejos. Pero era noche cerrada, glacial, límpida; en el cielo, de un azul sombrío, centelleaba el joyero de los astros del hemisferio Norte;

los cinco ricos solitarios de Casiopea, el perfecto broche
de Pegaso, que una cadena luminosa reúne a Andrómeda
y Perseo; la lluvia de pedrería de las Pléyades; la fina
corona boreal, el Carro de espléndidos diamantes; la deslumbradora Vega, el polvillo de luz del Dragón; el chorro
magnífico, proyectado del blanco seno de Juno, de la Vía
Láctea... Hermosa noche para el astrónomo que encierra
en las lentes de su telescopio trozos del Universo sideral,
y al estudiarlos, se penetra de la serena armonía de la
creación y piensa en los mundos lejanos, habitados nadie
sabe por qué seres desconocidos, cuyo misterio no descifra la razón. Hermosa también para el soñador que, al
través de amplia ventana de cristales, al lado de una chimenea activa, en combustión plena, al calor de los troncos, deja vagar la fantasía por el espacio, recordando
versos marmóreos de Leopardi y prosas amargas y divinas de Nietzsche... ¡Noche negra, trágica, para el que
solo, transido de frío, pisa la cinta de tierra encostrada de
hielo y avanza con precaución, sorteando esos espejos
peligrosos de los congelados charcos!

Es una mujer joven. La ropa que la cubre sin abrigarla,
delata la redondez de un vientre fecundo, la proximidad
del nacimiento de una criatura... Muchos meses hace que
Agustina vive encorvada, queriendo ocultar a los ojos
curiosos y malévolos su desdicha y su afrenta; pero ahora
se endereza sin miedo; nadie la ve. Ha huido de su pue

blo, de su casa, y experimenta una especie de alivio al no verse obligada a tapar el talle y disimular su bulto, pues las estrellas de seguro la miran compasivas o siquiera indiferentes. ¡Están tan altas!

En el pueblo, ¡qué desprecio, qué burla, qué reprobación habían caído sobre ella al saberse el desliz! Era la segunda vez que delinquía en aquel honrado lugar una muchacha; la primera, al quinto mes, se había arrojado a un pozo, de donde sacaron su cadáver. Recordaba Agustina cómo la extrajeron del pozo con cuerdas y garruchas, y cómo traía rota una sien y el pelo pegado a la cara lívida, y recordaba también haber soñado con la ahogada muchas noches. Cuando, al confirmarse su desdicha, pensó Agustina en la solución de la muerte, la imagen de la rota sien y la lívida cara le impidió poner por obra una desesperada resolución. Vinieron al pueblo entonces unos misioneros franciscanos, y Agustina se confesó deshecha en lágrimas.

—Grande es tu pecado —dijo el fraile—; pero lo que pensaste es peor aún. No debes morir ni debe morir por tu culpa el hijo. Sufre con paciencia, espera el último instante, y entonces vete a Madrid con esta carta mía. El señor a quien va dirigida hará que te admitan en la Casa de Maternidad.

Acercábase el día. Sin despedirse de nadie —ni de sus padres, que en vez de compadecerla la maldecían—, Agustina puso en hatillo dos camisas y un refajo; en un bolso de lienzo, unas pesetas; y guardada la carta en el pecho, salió al oscurecer por la puerta del corral antes de que empezasen a rondar los mozos, sabedores de su desdicha y compañeros del que la ocasionó, y que, en vez de repararla, cobardemente había desaparecido del pueblo. Era víspera de Nochebuena, y sería milagro que no saliesen de parranda. Agustina apretó el paso. La vergüenza le puso alas en los pies.

Dos horas hacía ya que caminaba, y faltaba todavía para Madrid una legua. Deshabituada de hacer ejercicio, el cansancio rendía a Agustina y el frío la penetraba hasta los tuétanos. Además tenía miedo; ¡aquella carretera tan solitaria!

A uno y otro lado extendíase la estepa gris, sin rastros de habitación; torcidos chaparros remedaban figuras grotescas, enanos deformes o perros agachados para saltar y morder. El silencio era majestuoso y aterrador. Y la fugitiva también sentía hambre, el hambre próvida que avisa a las que van a ser madres que hay que sostener a dos seres. En su precipitación, no había sacado de su casa ni un mendrugo.

Quería llorar, y dos o tres veces se detuvo para quejarse en alto, cual si alguien pudiese oírla. «¡Ay señor! ¡Ay mi madre!», como si su madre, la dura paleta, no la hubiese tratado peor que el padre todavía... La abrumaba un inmenso desfallecimiento, la tentación de arrojarse al suelo y dormir. Durmiendo, creía que iba a remediarse todo su padecer; que entraría en un estado de beatitud. Resabio de los últimos meses, en que infaliblemente, al despertarse, tenía la ilusión de que su desgracia era pesadilla de sueño, y se tentaba, y creía que el bulto de vientre no existía... ¡Oh! ¡Si así fuese! ¡Quién volvería a sorprenderla, a engañarla; quién se acercaría a ella sin llevar su merecido!

Los pies, calzados toscamente, resbalaron de pronto sobre la vítrea superficie de una charca. El movimiento fue de báscula, y la muchacha cayó hacia atrás, boca arriba, atravesada en la carretera y desvanecida por el brutal sacudimiento del batacazo.

Diez minutos después se oyó en la carretera, a lo lejos, el cascabeleo y la rodadura de un carricoche. La claridad de los faroles avanzó, y el caballejo que tiraba, no muy gallardamente, del vehículo pegó una huida ante el cuerpo que obstruía el paso. El hombre que guiaba refrenó al jaco y miró con sorpresa. Vamos, habría que bajarse, que prestar socorro al borracho... ¡No se trataba de un borracho! De una mujer... Peor que peor...

¡Una mujer! Nadie las aborrecía como el mediquín rural que, llamado por asunto de interés se dirigía a Madrid en noche tan cruda... El golpe de la traición sufrida, del amor escarnecido por su novia, su ideal —rompiendo la concertada boda tres días antes del señalado y casándose con otro hombre antes de un mes—, fue origen, primero, de grave fiebre nerviosa, de la cual conservaba huellas en el amarillento rostro, y luego, de una misantropía profunda. Intelectual, sentimental y con aspiraciones, cuando andaba enamorado, el desengaño le cortó las alas de la voluntad; le causó una de esas humillaciones en que dudamos de nosotros mismos para siempre, y le arrinconó en el poblachón oscuro donde vegetaba como un asceta, haciendo penitencia de tristeza y retiro por el ajeno pecado, caso más frecuente de lo que se supone. Sólo por estricta necesidad había resuelto el viaje. ¡Y ahora aquel estorbo en el camino! ¡Una hembra!

Desencajó un farol del coche y con él alumbró la cara de la mujer privada de sentido. Se sorprendió. Joven, bonita, de facciones de cera, delicadas y dulces. ¡Y perdida a tal hora, en la soledad! ¿Atentado? ¿Crimen? La quiso incorporar... Un gemido débil reveló la vida.

—¿Qué tiene usted? ¿Está usted enferma? —preguntó el médico, sosteniéndola por los sobacos en el aire.

Otro gemido contestó; era de sufrimiento, de un sufrimiento concreto, positivo.

—¿Está usted herida?

La muchacha se incorporó difícilmente; parecía atónita y no se daba cuenta de por qué se encontraba allí, por qué la interrogaba un desconocido. La memoria acudió, y con ella la conciencia del mal... Su brazo derecho no obedecía; colgaba inerte, y una sensación extraña de parálisis, iba extendiéndose al hombro.

—Se me figura que tengo roto este brazo...

Las manos del médico palparon, reconocieron... ¡Era verdad!

—¿Adónde iba usted? ¿De dónde es usted?

Agustina miró al que le dirigía la palabra y la amparaba enérgicamente. Vio un rostro consumido de melancolía, una barba descuidada, unos ojos en que la indiferencia luchaba con la compasión... No sería fácil explicar, a no ser por la franqueza súbita y total del ser desamparado, que nada recela porque todo lo ha perdido, como Agustina —la paletita cansada de disimular y mentir a su familia y a todo un pueblo—, no supo callar nada al incógnito que acababa de socorrerla. Habló entre sollozos, sin reparo, hasta sin vergüenza ni confusión, como el que cree estar contando a un desdichado desdichas mayores. Hizo su historia en pocas y desgarradoras frases.

—Súbase usted al coche... Tápese con la manta... Yo la llevaré al hospital.

Un cuarto de hora rodó el coche por la carretera —despacio, porque en la helada resbalaba también el caballejo—, cuando Agustina, en el bienestar infinito de la ardiente gratitud, al sentirse acompañada, salvada, extendió la mano izquierda, asió la del médico y la besó sin saber lo que hacía. El tembló. ¡Hacía tanto tiempo que sólo sentía en sueños el roce de unos labios femeniles! Por su parte, la muchacha, pasado el transporte, se quedó abochornada, acortada de confusión. ¡Qué había hecho, ay mi madre! ¡Un hombre, y ella que estaba determinada a no tocar ni al pelo de la ropa a ninguno! ¡Ella, la escarmentada, el gato escaldado, la del aprendizaje cruel y definitivo! Pero ¿era realmente un hombre el que la llevaba así, a su lado, con tanta caridad, con tanta consideración? No, hombre, no; era... un santo; un santo como los que se ven en los altares...

De pronto, el médico volteó el coche, emprendiendo la caminata en sentido opuesto.

—Estamos más cerca de mi casa que de Madrid... Urge curarle a usted ese brazo. Si llegamos a Madrid tarde, van a perderse horas... Es preciso que yo reconozca pronto esa fractura, y que la atendamos... Viene usted a mi casa. Allí nada le faltará.

Y cuando hablaba así a una mujer, el escarmentado, el dolorido, el misógino, pensaba: «No es una mujer; es una víctima, una mártir...»

Y bajo la manta que les cubría y les prestaba calor y abrigo a medias, los efluvios de la juventud, la necesidad de querer, se insinuaban riéndose del escarmiento.

Las estrellas, más fulgentes a medida que la noche avanzaba, no se enterarían. ¡Están tan altas! ¡Tan distantes!

NÁUFRAGAS

In "Náufragas," Pardo Bazán echoes the strong criticism she leveled, in essays like "La educación del hombre y la de la mujer" and "La mujer española," at the traditional lack of formal education and job training provided to Spanish women. She dramatizes the consequence of an education that prepares women only for domesticity: the wrenching conflict experienced by many between the need for economic survival and the maintenance of an intransigent standard of feminine virtue. The female protagonists of this story are almost entirely without agency. Their lack of agency is reflected even in the linguistic structure of the story: they are virtually never referred to by their proper names, their discourse is presented only indirectly, and the verbs of which they are subjects are rarely true "action verbs."

Era la hora en que las grandes capitales adquieren misteriosa belleza. La jornada del trabajo y de la actividad ha concluido; los transeúntes van despacio por las calles, que el riego de la tarde ha refrescado y ya no encharca. Las luces abren sus ojos claros, pero no es aún de noche; el fresa con tonos amatista del crepúsculo envuelve en neblina sonrosada, transparente y ardorosa, las perspectivas monumentales, el final de las grandes vías que el

arbolado guarnece de guirnaldas verdes, pálidas al anochecer. La fragancia de las acacias en flor se derrama,
sugiriendo ensueños de languidez, de ilusión deliciosa.
Oprime un poco el corazón, pero lo exalta. Los coches
cruzan más raudos, porque los caballos agradecen el fres-
cor de la puesta del sol. Las mujeres que los ocupan
parecen más guapas, reclinadas, tranquilas, difumadas las
facciones por la penumbra o realzadas al entrar en el
círculo de claridad de un farol, de una tienda elegante.

Las floristas pasan... Ofrecen su mercancía, y dan gra-
tuitamente lo mejor de ella, el perfume, el color, el regalo de los sentidos.

Ante la tentación floreal, las mujeres hacen un movimiento elocuente de codicia, y si son tan pobres que no
pueden contentar el capricho, da pena...

Y esto sucedió a las náufragas, perdidas en el mar madrileño, anegadas casi, con la vista alzada al cielo, con la
sensación de caer al abismo... Madre e hija llevaban un
mes largo de residencia en Madrid y vestían aún el luto
del padre, que no les había dejado ni para comprarlo.
Deudas, eso sí.

¿Cómo podía ser que un hombre sin vicios, tan traba-
jador, tan de su casa, legase ruina a los suyos? ¡Ah! El
inteligente farmacéutico, establecido en una población,
se había empeñado en pagar tributo a la ciencia.

No contento con montar una botica según los últimos

adelantos, la surtió de medicamentos raros y costosos: quería que nada de lo reciente faltase allí; quería estar a la última palabra... «¡Qué sofoco si don Opropio, el médico, recetase alguna medicina de éstas de ahora y no la encontrasen en mi establecimiento! ¡Y qué responsabilidad si, por no tener a mano el específico, el enfermo empeora o se muere!»

Y vino todo el formulario alemán y francés, todo, a la humilde botica lugareña... Y fue el desastre. Ni don Opropio recetó tales primores, ni los del pueblo los hubiesen comprado... Se diría que las enfermedades guardan estrecha relación con el ambiente, y que en los lugares sólo se padecen males curables con friegas, flor de malva, sanguijuelas y bizmas. Habladle a un paleto de que se le ha «desmineralizado la sangre» o de que se le han «endurecido las arterias», y, sobre todo, proponedle el radio, más caro que el oro y la pedrería... No puede ser; hay enfermedades de primera y de tercera, padecimientos de ricos y de pobretes... Y el boticario se murió de la más vulgar ictericia, al verse arruinado, sin que le valiesen sus remedios novísimos, dejando en la miseria a una mujer y dos criaturas... La botica y los medicamentos apenas saldaron los créditos pendientes, y las náufragas, en parte humilladas por el desastre y en parte solivantadas por ideas fantásticas, con el producto de la venta de su modesto ajuar casero, se trasladaron a la corte...

Los primeros días anduvieron embobadas. ¡Qué Madrid, qué magnificencia! ¡Qué grandeza, cuánto señorío! El dinero en Madrid debe de ser muy fácil de ganar... ¡Tanta tienda! ¡Tanto coche! ¡Tanto café! ¡Tanto teatro! ¡Tanto rumbo! Aquí nadie se morirá de hambre; aquí todo el mundo encontrará colocación... No será cuestión sino de abrir la boca y decir: «A esto he resuelto dedicarme, sépase... A ver, tanto quiero ganar...»

Ellas tenían su combinación muy bien arreglada, muy sencilla. La madre entraría en una casa formal, decente, de señores verdaderos, para ejercer las funciones de ama de llaves, propias de una persona seria y «de respeto»; porque, eso sí, todo antes que perder la dignidad de gente nacida en pañales limpios, de familia «distinguida», de médicos y farmacéuticos, que no son gañanes... La hija mayor se pondría también a servir, pero entendámonos; donde la trataran como corresponde a una señorita de educación, donde no corriese ningún peligro su honra, y donde hasta, si a mano viene, sus amas la mirasen como a una amiga y estuviesen con ella mano a mano... ¿Quién sabe? Si daba con buenas almas, sería una hija más... Regularmente no la pondrían a comer con los otros sirvientes... Comería aparte, en su mesita muy limpia... En cuanto a la hija menor, de diez años, ¡bah! Nada más natural; la meterían en uno de esos colegios gratuitos que hay, donde las educan muy bien y no cuestan a los padres un céntimo... ¡Ya lo creo! Todo esto lo traían discurrido desde el punto en que emprendieron el viaje a la corte...

Sintieron gran sorpresa al notar que las cosas no iban tan rodadas... No sólo no iban rodadas, sino que, ¡ay!, parecían embrollarse, embrollarse pícaramente... Al principio, dos o tres amigos del padre prometieron ocuparse, recomendar... Al recordarles el ofrecimiento, respondieron con moratorias, con vagas palabras alarmantes... «Es muy difícil... Es el demonio... No se encuentran casas a propósito... Lo de esos colegios anda muy buscado... No hay ni trabajo para fuera... Todo está malo... Madrid se ha puesto imposible...»

Aquellos amigos —aquellos conocidos indiferentes— tenían, naturalmente, sus asuntos, que les importaban sobre los ajenos... Y después, ¡vaya usted a colocar a tres hembras que quieren acomodo bueno, amos formales, piñones mondados! Dos lugareñas, que no han servido nunca... Muy honradas, sí...; pero con toda honradez, ¿qué?, vale más tener gracia, saber desenredarse...

Uno de los amigos preguntó a la mamá, al descuido:

—¿No sabe la niña alguna cancioncilla? ¿No baila? ¿No toca la guitarra?

Y como la madre se escandalizase, advirtió:

—No se asuste, doña María... A veces, en los pueblos, las muchachas aprenden de estas cosas... Los barberos son profesores... Conocí yo a uno...

Transcurrida otra semana, el mismo amigo —droguero

por más señas— vino a ver a las dos ya atribuladas mujeres en su trasconejada casa de huéspedes, donde empezaban a atrasarse lamentablemente en el pago de la
fementida cama y del cocido chirle... Y previos bastantes
circunloquios, les dio la noticia de que había una colocación. Sí, lo que se dice una colocación para la muchacha.

—No crean ustedes que es de despreciar, al contrario...
Muy buena... Muchas propinas. Tal vez un duro diario de
propinas, o más... Si la niña se esmera..., más, de fijo.
Unicamente..., no sé... si ustedes... Tal vez prefieren otra
clase de servicio, ¿eh? Lo que ocurre es que ese otro... no
se encuentra. En las casas dicen: «Queremos una chica ya
fogueada. No nos gusta domar potros.» Y aquí puede
foguearse. Puede...

—Y ¿qué colocación es esa? —preguntaron con igual
afán madre e hija.

—Es..., es... frente a mi establecimiento... En la famosa
cervecería. Un servicio que apenas es servicio... Todo lo
hacen mujeres. Allí vería yo a la niña con frecuencia,
porque voy por las tardes a entretener un rato. Hay mú-
sica, hay cante... Es precioso.

Las náufragas se miraron... Casi comprendían.

—Muchas gracias... Mi niña... no sirve para eso —protestó el burgués recato de la madre.

—No, no; cualquier cosa; pero eso, no —declaró a su
vez la muchacha, encendida.

Se separaron. Era la hora deliciosa del anochecer. Llevaban los ojos como puños. Madrid les parecía —con su
lujo, con su radiante alegría de primavera— un desierto
cruel, una soledad donde las fieras rondan. Tropezarse
con la florista animó por un instante el rostro enflaque-
cido de la joven lugareña.

—¡Mamá!, ¡rosas! —exclamó en un impulso infantil.

—¡Tuviéramos pan para tu hermanita! —sollozó casi
la madre.

Y callaron... Agachando la cabeza, se recogieron a su
mezquino hostal.

Una escena las aguardaba. La patrona no era lo que se
dice una mujer sin entrañas: al principio había tenido paciencia. Se interesaba por las enlutadas, por la niña, dulce
y cariñosa, que, siempre esperando el «colegio gratuito»,
no se desdeñaba de ayudar en la cocina fregando platos,
rompiéndolos y cepillando la ropa de los huéspedes que
pagaban al contado. Sólo que todo tiene su límite, y tres
bocas son muchas bocas para mantenidas, manténganse
como se mantengan. Doña Marciala, la patrona, no era
tampoco Rothschild para seguir a ciegas los impulsos de
su buen corazón. Al ver llegar a las lugareñas e instalarse
ante la mesa, esperando el menguado cocido y la sopa de
fideos, despachó a la fámula con un recado:

—Dice doña Marciala que hagan el favor de ir a su
cuarto.

—¿Qué ocurre?

—No sé...

Ocurría que «aquello no podía continuar así»; que o daban, por lo menos, algo a cuenta, o valía más, «hijas mías», despejar... Ella, aquel día precisamente, tenía que pagar al panadero, al ultramarino. ¡No se había visto en mala sofocación por la mañana! Dos tíos brutos, unos animales, alzando la voz y escupiendo palabrotas en la antesala, amenazando embargar los muebles si no se les daba su dinero, poniéndola de tramposa que no había por dónde agarrarla a ella, doña Marciala Galcerán, una señora toda la vida. «Hijas», era preciso hacerse cargo. El que vive de un trabajo diario no puede dar de comer a los demás; bastante hará si come él. Los tiempos están terribles. Y lo sentía mucho, lo sentía en el alma...; pero se había concluido. No se les podía adelantar más. Aquella noche, bueno, no se dijera, tendrían su cena...; pero al otro día, o pagar siquiera algo, o buscar otro hospedaje...

Hubo lágrimas, lamentos, un conato de síncope en la chica mayor... Las náufragas se veían vagando por las calles, sin techo, sin pan. El recurso fue llevar a la prendería los restos del pasado: reloj de oro del padre, unas alhajuelas de la madre. El importe a doña Marciala..., y aún quedaban debiendo.

—Hijas, bueno, algo es algo... Por quince días no las apuro... He pagado a esos zulúes... Pero vayan pensando en remediarse, porque si no... Qué quieren ustés, este Madrid está por las nubes...

Y echaron a trotar, a llamar a puertas cerradas, que no se abrieron, a leer anuncios, a ofrecerse hasta a las señoras que pasaban, preguntándoles en tono insinuante y humilde:

—¿No sabe usted de una casa donde necesiten servicio? Pero servicio especial, una persona decente, que ha estado en buena posición..., para ama de llaves... o para acompañar señoritas...

Encogimiento de hombros, vagos murmurios, distraída petición de señas y hasta repulsas duras, secas, despreciativas... Las náufragas se miraban. La hija agachaba la cabeza. Un mismo pensamiento se ocultaba. Una complicidad, sordamente, las unía. Era visto que ser honrado, muy honrado, no vale de nada. Si su padre, Dios le tuviere en descanso, hubiera sido *como otros...*, no se verían ellas así, entre olas, hundiéndose hasta el cuello ya...

Una tarde pasaron por delante de la droguería. ¡Debía de tener peto el droguero! ¡Quién como él!

—¿Por qué no entramos? —arriesgó la madre.

—Vamos a ver... Si nos vuelve a hablar de la colocación... —balbució la hija. Y, con un gesto doloroso, añadió:

—En todas partes se puede ser buena...

109

FEMINISTA

When Pardo Bazán wrote "Feminista," her largely fruitless efforts to incite a feminist conscience in the Spanish public had left her discouraged; it was just four years later that she published her two cookbooks as the final volumes in the Biblioteca de la mujer. *Toward the end of her life, she unreservedly identified herself with the word that forms the title of this story: "Yo soy una radical feminista. Creo que todos los derechos que tiene el hombre debe tenerlos la mujer" (Carmen Bravo-Villasante,* Vida y obra de Emilia Pardo Bazán: Correspondencia amorosa con Pérez Galdós [Madrid: Magisterio Español, 1973] 292). *However, when she compared the state of women's rights with that found in other countries, she pronounced Spain sorely lacking: "La mujer española es de dos siglos más joven (o más antigua, según se entienda) que otras mujeres de otras naciones. Así es que no existe en España movimiento feminista en ningún sentido" ("La mujer española,"* Blanco y negro, *5 Jan. 1907: 2).*

When we take into account Pardo Bazán's explicit commentary on feminism, then, this story's title seems ambiguous: does it describe the female protagonist or is Pardo Bazán playing here with the negative conceptions of feminism prevalent during her time? (For that matter, the word feminist *today is just as negative to many.) Is the author poking fun at the emasculating image of feminists, or is she*

110

*upholding it? Finally, we might ask whose voice is repre-
sented in the title—the author's, the narrator's, or perhaps
the male protagonist's?*

Fue en el balneario de Aguasacras donde hice conocimiento con aquel matrimonio: el marido, de chinchoso
y displicente carácter, arrastrando el incurable padecimiento que dos años después le llevó al sepulcro; la mujer, bonitilla, con cara de resignación alegre, cuidándole
solícita, siempre atenta a esos caprichos de los enfermos,
que son la venganza que toman de los sanos.

Conservaba, no obstante, el valetudinario la energía
suficiente para discutir, con irritación sorda y pesimismo
acerbo, sobre todo lo humano y lo divino, desarrollando
teorías de cerrada intransigencia. Su modo de pensar era
entre inquisitorial y jacobino, mezcla más frecuente de lo
que se pudiera suponer, aquí donde los extremos no sólo
se han tocado, sino que han solido fusionarse en extraña
amalgama. Han sido generalmente prendas raras entre
nosotros la flexibilidad y delicadeza de espíritu, engen-
dradoras de la amable tolerancia, y nuestro recio y chi-
rriante disputar en cafés, círculos, reuniones, plazuelas y
tabernas lo demostraría, si otros signos del orden históri-
co no bastasen.

El enfermo a que me refiero no dejaba cosa a vida. Rara
era la persona a quien no juzgaba durísimamente. Los
tiempos eran fatídicos y la relajación de las costumbres

horripilaba. En los hogares reinaba la anarquía, porque, perdido el principio de autoridad, la mujer ya no sabe ser esposa, ni el hombre ejerce sus prerrogativas de marido y padre. Las ideas modernas disolvían, y la aristocracia, por su parte, contribuía al escándalo. Hasta que se zurciesen muchos calcetines no cabía salvación. La blandenguería de los varones explicaba el descoco y garrulería de las hembras, las cuales tenían puesto en olvido que ellas nacieron para cumplir deberes, amamantar a sus hijos y espumar el puchero. —Habiendo yo notado que al hallarme presente arreciaba en sus predicaciones el buen señor, adopté el sistema de darle la razón para que no se exaltase demasiado.

No sé qué me llamaba más la atención, si la intemperancia de la eterna acometividad verbal del marido, o la sonrisilla silenciosa y enigmática de la consorte. Ya he dicho que era ésta de rostro agraciado, pequeño de estatura, delgada, de negrísimos ojos, y su cuerpo revelaba esa contextura acerada y menuda que promete longevidad y hace las viejecitas secas y sanas como pasas azucarosas. Generalmente, su presencia, una ojeada suya, cortaban en firme las diatribas y catilinarias del marido. No era necesario que murmurase:

—No te sofoques, Nicolás; ya sabes que lo ha dicho el médico...

Generalmente, antes de llegar a este extremo, el enfer-

mo se levantaba y, renqueando, apoyado en el brazo de
su mitad, se retiraba o daba un paseíto bajo los plátanos
de soberbia vegetación.

Había olvidado completamente al matrimonio —como se olvidan estas figuras de cinematógrafo, simpáticas
o repulsivas, que desfilan durante una quincena balnea-
ria—, cuando leí en una cuarta plana de periódico la
papeleta: «El excelentísimo señor don Nicolás Abréu y
Lallana, jefe superior de Administración... Su desconso-
lada viuda, la excelentísima señora doña Clotilde Pedre-
gales...» La casualidad me hizo encontrar en la calle, dos
días después, al médico director de Aguasacras, hombre
muy observador y discreto, que venía a Madrid a asuntos
de su profesión, y recordamos, entre otros desaparecidos,
al mal engestado señor de las opiniones rajantes.

—¡Ah, el señor Abréu! ¡El de los pantalones! —contestó, riendo, el doctor.

—¿El de los pantalones? —interrogué con curiosidad.

—Pero ¿no lo sabe usted? Me extraña, porque en los
balnearios no hay nada secreto, y esto no sólo se supo, sino
que se comentó sabrosamente... ¡Vaya! Verdad que usted
se marchó unos días antes que los Abréu, y la gente dio en
reírse al final, cuando todos se enteraron... ¿Dirá usted que
cómo se pueden averiguar cosas que suceden a puerta
cerrada? Es para asombrarse: se creería que hay duendes...

En este caso especial, lo que ocurrió en el balneario

mismo debieron de fisgarlo las camareras, que no son malas espías, o los vecinos al través del tabique, o... En fin, brujerías de la realidad. Los antecedentes parece que se conocieron porque allá de recién casado, Abréu, que debía de ser el más solemne majadero, anduvo jactándose de ello como de una agudeza y un rasgo de carácter, que convendría que imitasen todos los varones para cimentar sólidamente los fueros del cabeza de familia.

Y fíjese usted: los dos episodios se completan. Es el caso que Abréu, como todos los que a los cuarenta años se vuelven severos moralistas, tuvo una juventud divertida y agitada. Alifafes y dolamas le llamaron al orden, y entonces acordó casarse, como el que acuerda mudarse a un piso más sano. Encontró a aquella muchacha, Clotildita, que era mona, bien educada y sin posición ninguna, y los padres se la dieron gustosos, porque Abréu, provisto de buenas aldabas, siempre tuvo colocaciones excelentes. Se casaron, y la mañana siguiente a la boda, al despertar la novia, en el asombro del cambio de su destino, oyó que el novio, entre imperioso y sonriente, mandaba:

—Clotilde mía..., levántate.

Hízolo así la muchacha, sin darse cuenta del por qué; y al punto el esposo, con mayor imperio, ordenó:

—¡Ahora..., ponte mis pantalones!

Atónita, sin creer lo que oía, la niña optó por sonreír a su vez, imaginando que se trataba de una broma de

luna de miel..., broma algo chocante, algo inconvenien-
te...; pero ¿quién sabe? ¿Sería moda entre novios?...

—¿Has oído? —repitió él—. ¡Ponte mis pantalones!
¡Ahora mismo, hija mía!

Confusa, avergonzada, y ya con más ganas de llorar
que de reír, Clotilde obedeció lo mejor que pudo. ¡Obe-
decer es ley!

—Siéntate ahora ahí —dispuso nuevamente el marido,
solemne y grave de pronto, señalando a una butaca. Y así
que la empantalonada niña se dejó caer en ella, el esposo
pronunció:

—He querido que te pongas los pantalones en este
momento señalado para que sepas, querida Clotilde, que
en toda tu vida volverás a ponértelos. Que los he de
llevar yo, Dios mediante, a cada hora y cada día, todo el
tiempo que dure nuestra unión, y ojalá sea muchos años,
en santa paz, amén. Ya lo sabes. Puedes quitártelos.

¿Qué pensó Clotilde de la advertencia? A nadie lo dijo;
guardó ese silencio absoluto, impenetrable, en que se
envuelven tantas derrotas del ideal, del humilde ideal
femenino, honrado, juvenil, que pide amor y no servi-
dumbre... Vivió sumisa y callada, y si no se le pudo apli-
car la divisa de la matrona romana, «Guardó el hogar e
hiló lana asiduamente», fue porque hoy las fábricas de
género de punto han dado al traste con la rueca y el
huevo de zurcir.

Pero Abréu, a pesar de la higiene conyugal, tenía el plomo en el ala. Los restos y reliquias de su mal vivir pasados remanecieron en achaques crónicos, y la primera vez que se consultó conmigo en Aguasacras, vi que no tenía remedio; que sólo cabía paliar lo que no curaría sino en la fuente de Juvencia... ¡Ignoramos dónde mana!

Su mujer le cuidaba con verdadera abnegación. Le cuidaba: eso lo sabemos todos. Se desvivía por él, y en vez de divertirse —al cabo era joven aún—, no pensaba sino en la poción y el medicamento. Pero todas las mañanas, al dejar las ociosas plumas el esposo, una vocecita dulce y aflautada le daba una orden terminante, aunque sonase a gorjeo:

—¡Ponte mis enaguas, querido Nicolás! ¡Ponte aprisa mis enaguas!

Infaliblemente, la cara del enfermo se descomponía; sordos reniegos asomaban a sus labios..., y la orden se repetía siempre en voz de pájaro, y el hombre bajaba la cabeza, atándose torpemente al talle las cintas de las faldas guarnecidas de encajes. Y entonces añadía la tierna esposa, con acento no menos musical y fino:

—Para que sepas que las llevas ya toda tu vida, mientras yo sea tu enfermerita, ¿entiendes?

Y aún permanecía Abréu un buen rato en vestimenta interior femenina, jurando entre dientes, no se sabe si de rabia o porque el reúma apretaba de más, mientras Clotilde, dando vueltas por la habitación, preparaba lo necesario para las curas prolijas y dolorosas, las fricciones útiles y los enfranelamientos precavidos.

LA PUNTA DEL CIGARRO

"La punta del cigarro" seems to begin where "El encaje roto" leaves off. The male protagonist proceeds with the idea that responses to trivial incidents can reveal character. Searching for a suitable spouse—that is, one who will be ever docile and even-tempered—he decides to submit each candidate to a test. He purposely provokes each potential wife; the one who maintains her sweet composure is the winner. But the test backfires; the protagonist has not judged feminine—or human—nature as accurately as he had thought.

The narrative dynamics of the story are subtle. While the perspective of the man is presented virtually throughout, the narrator maintains a distance from him, at several points inserting commentary that ironically undermines the protagonist's thoughts and actions. In their strikingly different images and in the different ways the protagonists approach the "significant insignificant," this story and "El encaje roto" form an intriguing pair.

Resuelto a contraer matrimonio, porque es una de esas cosas que nadie deja de hacer, tarde o temprano, Cristóbal Morón se dio a estudiar el carácter de unas cuantas señoritas, entre las que más le agradaban y reunían las condiciones que él juzgaba necesarias para constituir un hogar venturoso.

En primer término, deseaba Cristóbal que la que hubiese de conducir al ara consabida tuviese un genio excelente; que se humor fuese igual y tranquilo y más bien jovial, superior a esos incidentes cotidianos que causan irritaciones y cóleras, pasajeras, sí, pero que, repetidas, no dejan de agriar la existencia común. Una cara siempre sonriente, una complacencia continua, eran el ideal femenino de Cristóbal.

No ignoraba cuánto disimulan, generalmente, su verdadera índole las muchachas casaderas. Por eso quería sorprender a la elegida por medio de uno de esos ardides inocentes, que a veces descubre, como a pesar suyo, el modo de ser auténtico de las personas. Y discurrió algo ingenioso y sencillísimo, que había de dar infalible resultado.

Empezaba Cristóbal por establecer, con la muchacha a quien se dirigía, no trato amoroso en la verdadera expresión de la palabra, sino una galante familiaridad. Al encontrarla en reuniones nocturnas o fiestas diurnas al aire libre, sentábase a su lado, charlaba con ella alegre y dulcemente, la embromaba, la preguntaba sus gustos, sus ideas, y unas veces con festiva contradicción y otras con afectación de simpatía y coincidencia de opiniones, iba tratando de ahondar en su espíritu. Y habiéndola ya explorado un poco, impensadamente cometía con ella una de esas torpezas involuntarias, propias de hombre: un

pisotón en el traje, un tropezón con la garzota del peinado, que lo desbarataba por completo: algo, en fin, que
pudiese provocar un arrebato instantáneo de enojo, en el
cual se trasluciese la natural índole de la niña. Y siempre
el arrebato se había producido súbito, violento.

«—¡Diantre! —pensaba entonces Cristóbal—. En buen
avispero me iba a meter...»

Recogidas velas con una, pasaba a otra, resuelto a no
adquirir serio compromiso hasta averiguar extremo tan
importante...

Al cabo, en Sarito Vilomara creyó haber hallado lo que
ansiaba descubrir: el ángel anhelado para cobijar bajo sus
alas un corazón de soltero, aburrido ya de venales o tor-
mentosos amoríos, de fondas donde se come invariable-
mente la misma tortilla a la francesa y los propios
riñones al jerez, a la misma hora, y de pandillaje con
amigos que piden prestado y se olvidan de pagar...

Sarito (este diminutivo responde al nombre españolí-
simo de Rosario) era una chiquilla alegre y vivaracha,
dócil como las palomitas (que, entre paréntesis, de dóci-
les tienen poco), y que, desde luego, se presentó a Cristóbal en la actitud de la aquiescencia más completa a sus
pareceres y teorías, siempre dispuesta a cuanto él quisiese
sugerir.

Unas miajas de contradicción picaresca, resuelta inmediatamente en mansedumbre, quitaban la sosera a la ex-

cesiva ductilidad y condescendencia de aquella condición. Con ayuda de unos ojos de los de «date preso», y una cabellera obscura y sedosa, alrededor de una carita con hoyuelos, de boca fresca y acapullada, empezó a encontrar Cristóbal que era Sarito la mujer de sus sueños. No quiso, sin embargo, consolidar tal impresión sin haber puesto a prueba la dulzura e igualdad de aquel carácter de mujer.

Aprovechó para el ensayo una ocasión especialmente favorable. Una noche, al salir de una *soirée*, como lloviendo a cántaros, Sarito, que iba acompañada de su mamá, ofreció a Cristóbal llevarle en su automóvil, donde sobraba un asiento. Apenas rodó el vehículo, el papá, campechano, encendió un cigarro, y ofreció otro al que en cierto modo consideraba ya como yerno futuro.

—¡Tanto tiempo sin fumar! —exclamó—. La idea de no tener fumadero en esa casa...

Autorizado así, Cristóbal aceptó, y encendió el pitillo, tendiéndole Sarito la cerilla para mayor comodidad. Fue un momento en el que el pretendiente se sintió enamorado como un moro. Echó a la niña una mirada profunda, devoradora. Ella correspondió con otra larga y golosa y curiosa de la sensación nueva. Estaba muy guapa y prendida divinamente. Su abrigo, de crespón blanco con recamos y borlas de plata, era un primor. Cristóbal, con todo, no perdió pie. Al contrario. El mismo susto de reconocerse cautivo en las redes del flechero le inspiró la acostumbrada treta. Dejó caer, como por descuido, el cigarro ardiendo sobre la fina tela del abrigo. Rápidamente ardía. Esperaba Cristóbal la exclamación impaciente. No hubo tal cosa. Con el aire más natural, con una risa de sarta de perlas que se desgrana, Sarito sacudió la ceniza, apretó con los lindos dedos el punto donde cundía el fuego y exclamó:

—No hay cuidado... No es nada... No se apuren...

Vio Cristóbal el cielo abierto. Era la divina mujer, superior a las contrariedades pequeñas, y que por ellas no alteraba el hermoso equilibrio de su dulzura. Al día siguiente lanzó la declaración. A los seis meses se celebraron las bodas.

Cristóbal guardó en una vitrina la colilla del cigarro que le sirvió para la prueba. Salió con su mujer al viaje acostumbrado, y el velo de oro de la lícita ilusión le impidió ver que Sarito, gradualmente, cambiaba de estilo y de manera de ser. La facilidad para la vida, que parecía nota saliente de su genio, se convertía en cierta exigencia continua de satisfacción de caprichos y aun de extravagancias. Nada le venía bien a la novia, y nada decidía el novio a que no le pusiese objeciones menudas, pero rajantes y como erizadas de pinchos. A las expansiones conyugales seguían siempre pasajeros *monos,* que tal vez degeneraban en disputas y en rencorosas quejas. Todo lo tomaba Cristóbal por el mejor lado: estaba embriagado aún, y, atribuyendo a la anormalidad del viaje el cambio de humor de su esposa, creía firmemente que, al establecerse la vida sosegada de los lares domésticos, Sarito volvería a ser la muchacha encantadora, de feliz temple y apacible complexión, que le había hechizado.

Establecidos en el hotel donde albergaban su dicha, no tardó en notar con terror Cristóbal que su esposa continuaba siendo la misma del viaje. Hasta se diría que la acritud aumentaba y se convertía en estado normal. Buscaba Cristóbal, dándose al diablo, la causa de tan extraña mutación. El trataba, por todos los medios, de complacer a su compañera. Obsequios, galanterías, todo género de rendidas finezas, no daban resultado alguno. Sarito había olvidado la risa que le cavaba hoyuelos, la benigna acogida que hermosea la faz con un nimbo de gozosa irradiación. Y Cristóbal había llegado a temer aproximarse a su mujer, y le parecía un problema rodearle la cintura en familiar caricia...

Sintiéndose desgraciado, despertóse en él una especie de fe supersticiosa: pensó en su fetiche, la colilla del cigarro que una noche decidió su suerte, y, en ocasión de ir con su mujer al teatro, encendió aquella misma colilla, con devoción respetuosa. Llevaba Sarito en tal noche elegante boa de tul rizado, en que se mezclaban ligerísimos plumajes de marabú. Quitándose de los labios la colilla, la aplicó Cristóbal a la vaporosa prenda, que empezó a arder. Y Sarito se revolvió como una víbora.

—¡Bruto! ¡Podías mirar lo que haces!

Cristóbal dejó caer los brazos, sin contestar, sin argüir a su esposa de inconsecuencia...

A la luz de la colilla y de la ligera nube de tul, presto apagada, acababa de ver claramente el misterio de su error conyugal... El genio agriado de Sarito, su metamorfosis, tenían una razón o, si se quiere, un motivo: y ese motivo y esa razón eran lo más cruel, lo amargo, lo que no halla remedio... La mujer es dulce y cariñosa cuando ama; y la suya, si un momento pensó amarle, se había convencido, al correr de una decisiva experiencia, de que no sentía amor... La llama, que devora lo que toca, se había apagado como el cigarro, en vez de encandilarse al primer ensayo de vida común. Y eso no tenía remedio... Era fatal, como lo son tantas cosas de este mundo.

No protestó, no hizo ni un gesto de rabia. Aceptó el porvenir, con su lucha de cada momento, para no echar tras el caldero la soga, tras la dicha el honor. Y, silencioso, entró al lado de su mujer en el teatro, donde se representaba un absurdo y reidero *vaudeville*.

EL ÁRBOL ROSA

"El árbol rosa" is Pardo Bazán's last published story. It appeared in Raza española, in a special memorial number issued shortly after her death. As in "Náufragas," a lyrical evocation of the beauty of Madrid is undercut by the mordant twists of the plot. The story is also reminiscent of "Mi suicidio," in that the protagonist comes to realize that what she perceived as an idyllic romance was in fact nothing of the kind. But her response to her disillusionment is markedly different from that of the protagonist of the earlier story. The surprise ending of "Mi suicidio" presents an interesting contrast to the quiet, oblique way in which Pardo Bazán ends her final story.

A la pareja, que furtivamente se veía en el Retiro,[1] les servía el árbol rosa de punto de cita. «Ya sabes, en el árbol...»

Hubiesen podido encontrarse en cualquiera otra parte que no fuese aquel ramillete florido resaltando sobre el fondo verde del arbolado restante con viva nota de color.

---

[1] The Retiro is a huge wooded public park in the middle of Madrid, occupying over three hundred acres and complete with flower beds, a lake, statues, and even a crystal palace. Originally the Retiro formed the grounds of a palace built by Felipe IV in the seventeenth century. It has been open to the public since the eighteenth century.

Sólo que el árbol rosa tenía un encanto de juventud y les parecía a ellos el blasón de aquel cariño nacido en la calle y que cada día les subyugaba con mayor fuerza.

El, mozo de veinticinco, había venido a Madrid a negocios, según decía; y a los dos días de su llegada, ante un escaparate de joyero, cruzó la primera mirada significativa con Milagros Alcocer, que, después de oída misa en San José, daba su paseillo de las mañanas, curioseando las tiendas y oyendo a su paso simplezas, como las oye toda muchacha no mal parecida que azota las calles. El que la mañana aquella dio en seguir a Milagros a cierta distancia, y al verla detenerse ante el escaparate se detuvo también en la acera, nada le dijo. Mudo y reconcentrado, la miró ardientemente, con una especie de fuerza magnética en los negros ojos pestañudos. Y cuando ella emprendió el camino de su casa, él echó detrás, como si hiciese la cosa más natural del mundo, y hasta emparejó con ella, murmurando:

—No se asuste... Sentiría molestar... ¿Por qué no se para un momento, y hablaríamos?

Ella apretó el paso, y no hubo más aquel día. Al otro, desde el momento en que Milagros puso el pie en la calle, vio a su perseguidor, sonriente, y vestido con más esmero y pulcritud que la víspera. Se acercó sin cortedad, y como si estuviese seguro de su aquiescencia, la acompañó. Milagros sentía un aturdido entorpecimiento de la voluntad; sin embargo, recobró cierta lucidez, y murmuró bajo y con angustia:

—Haga usted el favor de no venir a mi lado. Puede vernos mi padre, mi hermano, una amiga. Sería un conflicto. ¡No lo quiero ni pensar!

—Pues, ¿dónde la espero? ¿Diga? ¿Dónde?

Ella titubeó. Estuvo a pique de contestar: «en ninguna parte». El corazón le saltaba. Al fin se resolvió, y susurró bajo, con ansiedad:

—En el Retiro... A mano izquierda, hay un árbol todo color de rosa... todo, todo... Como un ramillete... Allí...

Y echó a andar, casi corriendo, hacia la calle de Alcalá. Él, discretamente, se quedó rezagado; al fin tomó la misma dirección. Cuando llegó al árbol no vio, al pronto, a la mujer. No tardó en aparecerse: se había alzado de un banco, y venía sofocada por la emoción. Se explicaron en minutos, con precipitada alegría. Él la había querido al mismo punto de verla. Ella, por su parte, no sabía lo que le había pasado; dos cuartos de lo mismo. ¡Cosa rarísima! Ella jamás soñó en novio, jamás se le importó por nadie... Su padre era empleado; su madre había muerto, y ella disfrutaba de bastante libertad; pero no hacía jamás de esa libertad uso para ningún enredo, y por primera vez tendría que ocultar en su casa algo. Él, apasionadamente, la tranquilizó. ¿Qué hacía de malo, vamos a ver? Seguía los impulsos de su corazón, y eso es la cosa más natural del mundo. Hombres y mujeres han de atraerse mutuamente por ley ineludible, y eso es lo más hermoso de la vida. ¡Buenos estaríamos si no existiese el amor! ¡Cómo sería este parque si le faltase su árbol rosa!

Hablaba con persuasión y energía, y de un modo pintoresco, como quien conoce la vida o pretende dominarla, y estrechaba las manos de Milagros, comunicándole el calor y el deseo de las suyas. La señorita advertía la sensación del que resbala en una pendiente húmeda que conduce a un pozo profundo. La razón, casi extinguida, lanzaba, sin embargo, alguna chispa de luz. ¿Quién era aquel sujeto que así se apoderaba de ella? ¿De dónde procedía, en qué se ocupaba; era, por lo menos, un hombre bueno, honrado? Cuando descubrieron un banco en un solitario rincón, Milagros abrumó a preguntas al acompañante, sin reflexionar cuán fácil era decir una cosa por otra. El tono en que respondía al interrogatorio le pareció, no obstante, sincero. Confesó su pasado; nombre, Raimundo Corts: humilde obrero al principio, después, por su fuerza de voluntad y sus conocimientos, encargado de una fábrica de tejidos en Lérida; ¡mucho trabajo, no poca ganancia! «Sin embargo —advirtió—, si quisiese comprarle a usted —no habían empezado aún a tutearse— una de esas joyas que miraba ayer en el escaparate no podría. Y hay gente que sin trabajar puede regalar joyas como ésa, o mejores. Injusticias, ¿*no l'sembla?*»[2]

No estaba ella, ciertamente, para perderse en disquisiciones sociológicas; y hablaron de su ternura naciente, y convinieron en verse todos los días, sin falta, en el árbol rosa. A sitios más ocultos y menos poéticos hubiese deseado él decidirla a ir; pero Milagros no sabía ella misma que fuese tan capaz de resistir al impulso. «No —repetía—. Eso no. Aquí me parece que no hago nada censurable. En otra parte..., no. Eso no me lo pidas.» La chispa que cruzaba por las pupilas del muchacho era expresiva; para quien conociese el lenguaje del alma al través de los ojos, decía a voces: «Tú transigirás, tú no tendrás remedio; me quieres demasiado para negarte mucho tiempo ya». A la vez, en la mente de ella, había otro cálculo; porque el amor también calcula, como si fuese logrero o comerciante. «¿En qué ha de parar un amor como el mío, sino en boda? Nos uniremos, nos iremos a Lérida, viviremos felices. Pero hay que dar tiempo al tiempo..., y procurar que no se tuerza este carro. Si procediese con ligereza, él mismo dejaría de estimarme.» Su honradez de burguesa la amparaba, y el ataque y la defensa continuaban bajo la sombra amiga del rosado árbol, todo él una llama dulce, bajo la caricia clara del sol de primavera.

---

[2] Catalan for "don't you think so?"

Un día, con extrañeza al pronto —las cosas más usuales nos sorprenden, como si no las esperásemos—, notó Milagros que el árbol rosa se descoloraba un poco. Sus florecillas se desprendían y empezaban a alfombrar el suelo. Tan sencillo suceso la oprimió el corazón, como pudiera hacerlo una gran desgracia. Instintivamente, la suerte de su amor le parecía ligada a la del árbol. Confirmando la supersticiosa aprensión, aquel día mismo Raimundo se presentó mohíno y fosco, como el que tiene que decir algo triste y rehuye la confesión de la verdad. En vez de explicar las causas de su abatimiento, insistió en la acostumbrada porfía. ¿No iban a verse nunca, nunca, en sitio más seguro y libre? ¿No era absurdo que no conociesen más asilo que aquel árbol, como si Madrid no fuese una gran ciudad y no se pudiese en ella vivir a gusto? Se negaba porque no le quería; se negaba porque era una estatua de yeso... Entonces la señorita pareció recobrar valor, decidirse. Se negaba porque siempre entendió que entre ellos se trataba de otra cosa; de algo digno, de algo serio. ¿No lo creía él también? ¿O había querido solamente distraerse, entretener unos días de viaje? Bajaba él la cabeza y fruncía el ceño; su cara se volvía dura, y surcaba su frente juvenil, de lisa piel, una arruga violenta. Al fin rompió en pocas y embarazosas palabras. Sí, sin duda... Ella decía muy bien..., sólo que no eran cosas del momento. Eran para muy pensadas, para realizarlas sin precipitación. Él tenía pendientes asuntos de suma importancia, cosas graves, que de la noche a la mañana no podía abandonar, y que ignoraba él mismo hasta dónde le llevarían. ¿Quién sabe si tendría que emigrar, que pasar al extranjero? Él no era como esos señores que no se mueven de una oficina. Su vida, agitada, podría dar asunto a una novela... Por eso debían disfrutar del momento feliz, debían reunirse donde nadie les pudiese tasar la dicha...

—¿No?

—¡No! Eso nunca... ¡Nunca, Mundo de mi alma!...

Él, cabizbajo, pálido, no replicó. Cogió una diminuta rama del árbol rosa y la guardó en el bolsillo del chaleco. Al despedirse se citaron para el día siguiente. «¿A la misma hora, eh?»

Por el correo interior recibió aquella noche Milagros un carta sucinta. Mundo tenía que irse; *le avisaban,* por medio de un telegrama, de que urgía su presencia. Ya daría noticias. Y no las dio. La señorita esperó, en balde, otra carta. Lloró bastante, hubo jaquecas y nervios; pero experimentaba la impresión de haber evitado algún terrible peligro. ¿Cuál? No lo podía definir. ¿No la quería aquel hombre? ¿Con qué objeto fingía? ¿Quién era? Con suma habilidad, por medio de una amiga, logró informarse en Lérida, y resultó que allí nadie conocía a tal Raimundo Corts.

Cansada de sentir y de añorar, de hacer calendarios y de esperar bajo el árbol rosa, ya sin flor, donde acaso él volvería a aparecerse, fue consolándose, y a veces creía haber soñado su idilio.

Algún tiempo después se casó con un tío suyo, que venía de Cuba «con plata». Al pasearse por el Retiro en primavera, con un niñito de la mano, miró hacia el árbol rosa. Estaba todo iluminado, todo trémulo de floración. Una brisa muy suave lo mecía.